雪本无色,有谁真见过香雪,苦苦追寻,只是因为它难以寻觅。勇者不惧,知其不可而为之,这便成了向君他们的死穴。

题赠《香雪文丛》

壬寅 钟叔河

钟叔河先生为"香雪文丛"题词

人间至味淡于诗

说诗味　叙诗事　醉诗情　探诗秘

高昌——著

山西出版传媒集团
北岳文艺出版社
·太原

图书在版编目(CIP)数据

人间至味淡于诗 / 高昌著. —太原:北岳文艺出版社,2024.1

(香雪文丛 / 向继东主编)

ISBN 978-7-5378-6809-9

Ⅰ.①人… Ⅱ.①高… Ⅲ.①随笔—作品集—中国—当代 Ⅳ.①I267.1

中国国家版本馆CIP数据核字(2023)第232992号

人间至味淡于诗

高昌 著

出 品 人
郭文礼

选题策划
谢 放

责任编辑
吴国蓉

封面题字
高 昌

书籍设计
张永文

篆 刻
李渊涛

印装监制
郭 勇

出版发行:山西出版传媒集团·北岳文艺出版社
地址:山西省太原市并州南路57号
邮编:030012
电话:0351-5628696(发行部) 0351-5628688(总编室)
传真:0351-5628680
经销商:新华书店
印刷装订:山西人民印刷有限责任公司

开本:787 mm×1092mm 1/32
字数:175千字 印张:8.125
版次:2024年1月第1版
印次:2024年1月山西第1次印刷
书号:ISBN 978-7-5378-6809-9
定价:72.00 元

本书版权为本社独家所有,未经本社同意不得转载、摘编或复制

总序

香雪是广州地铁6号线的一个终点站名。近几年，常往返于6号线上，每每听到这个报站，总觉得有味。有时拿起一张地铁线路示意图，一个个站名过一遍，唯觉得香雪这名儿富有内涵，让人遐想。

记得还是二十世纪八十年代，曾参加一次文学讲座。一位诗人教导我们如何作诗，他顺口溜出几句写雪的诗："江山一笼统，井上黑窟窿。黄狗身上白，白狗身上肿。我就去打酒，一脚一个洞……"显然，前四句是唐人张打油的《雪诗》，后面恐怕是他随意发挥的。他说这首诗，好就好在全诗没有一个"雪"字，却把"雪"惟妙惟肖写了出来。作为一个客住之人，我对粤文化所知有限，不知当地是否有咏雪的诗篇遗存；如果有，也不会太多吧。

广州是个无雪之城。每年冬天，要看雪，只有北上远行。市郊有广州海拔最高的白云山，冬天偶尔也会飘几粒雪花，但落地即融化。香雪之名缘何而来？后来才知道是萝岗有一香雪公园。旧时，广州也有"羊城八景"之说，香雪自然名列其中。

羊城人喜欢雪,就因为无雪吧。

由广州人好雪,我联想到一个有趣的问题:凡生活中没有的东西,人们总是越想得到。譬如一个美好的愿望,其实就是一种精神诱导,或叫一种心理慰安剂,尽管如镜花水月,而有,总比无好。画饼还是要的。未来是美好的,现在吃苦受累,就是为了将来。天堂并不是虚妄的。然而,经验却告诉人们,越是根本不存在的事儿,越是大张旗鼓,堂而皇之,煞有介事,以期达到望梅止渴……我是个过了耳顺之年的人,河东河西,一生也算见过不少,如要追溯这传统,恐怕要比我辈年长,只是觉得于斯为盛罢了。

香雪之所以拿来做了丛书名,也是一时想不到更合适的。这套丛书分A版、B版两个系列,各有不同。至于能做到多大的规模,还真不好说。唯愿读者开卷有益,也愿香雪能带给人们不一样的阅读体验。

向继东

二〇二二年三月于广州

序　诗

四海阴晴两鬓丝，一襟花雨自来痴。
愁埋天地听猿处，泪堕关山折柳时。
纸上清辉明似月，人间至味淡于诗。
青崖映雪浑无染，飞瀑连云殊绝奇。

目录

第一辑　甑窒篇

探查颜真卿名下《劝学》诗之谜　　/ 3
"一枝红杏出墙来"的不同变奏　　/ 8
一首关于春天的诗　　/ 14
再说《惠崇春江晚景》　　/ 19
《清平乐》的"乐"字读音　　/ 22
"青绿腰"究竟怎么读？　　/ 26
谫说海棠的"睡眠问题"　　/ 29
跟李清照学学叙述　　/ 34
为王安石的"绿"字献疑　　/ 37
关于一首词的疑问　　/ 40
风烟、烽烟小析　　/ 44

第二辑　烛燎篇

　　好编辑是媒体的脸　　/49
　　读这个人
　　　——邵燕祥先生周年祭　　/53
　　荷珠乱滚：诗坛重现唐大郎　　/59
　　万里长空　一轮明月
　　　——《聂绀弩诗词选注》前言　　/65
　　叶嘉莹先生用什么感动我们？　　/74
　　公木先生的俳句实践　　/78
　　《公木先生的俳句实践》一文补正　　/104

第三辑　卮言篇

　　"俗白"和"典雅"　　/115
　　"思想着"，不是嗷嗷叫　　/117
　　著一直语　　/119
　　诗重"活"法　　/121

"解放"和"顽皮" / 123

尝试和探索 / 125

说"逼仄" / 127

炊烟新看 / 129

"鸣不鸣"和"幽不幽" / 131

我献"推敲"另一说 / 133

为什么"桃花"更惊悚 / 136

威震诗坛五绝招 / 138

内心清明，自成高格 / 141

华而不实，耻也！ / 143

《孙老百年祭》缘起以及诗题略说 / 146

文言重现的文化思考 / 149

从传统诗词首获"鲁奖"谈起 / 152

警惕诗坛的"灌木现象" / 155

第四辑　耙耧篇

"青春诗会"：当代诗歌的青春年轮　　／161

我本来就是历史　　／181

互见与互鉴

——新诗和旧诗的两个维度　　／185

三思而诗　　／236

第一辑　甑窠篇

探查颜真卿名下《劝学》诗之谜

2020年3月4日，我在《光明日报》发表了一篇关于央视《中国诗词大会》第五季的评论文章。当天晚上收到著名学者兼作家李元洛老师的一条微信："读所发论诗词大会文，提及颜真卿《劝学》诗。当年《品赏》拟论此诗，但《全唐诗》无，询周啸天亦不知出处，故作罢。你知此诗出处否？"李元洛老师提及的《品赏》指他在中华书局出版的著作《唐诗分类品赏》。先生才瞻学富，泽被诗林。其文化散文《唐诗之旅》《宋词之旅》亦享誉多年。他微信中涉及的周啸天老师是四川大学教授，是上海版的《唐诗鉴赏辞典》的鉴赏者之一，也是一位牛人。所以李元洛老师提出这个问题，我即刻当成一件大事情。

《劝学》诗全文如下："三更灯火五更鸡，正是男儿读书时。黑发不知勤学早，白首方悔读书迟。"《中国诗词大会》第五季的第一位选手王恒屹出场时，朗诵的就是前两句。我是在幼年暑假作业上初次读到的这首《劝学》，算起来该是20世纪80年代初了。此前一直没有怀疑过，更未研究过该诗的原始出处。李元洛老师嘱咐我："颜诗传播很广，但在《全唐诗》以及《全唐诗补编》中，颜真卿的名下均无此诗。来历可疑，请存以备考以求水落石出。"

《全唐诗》是清康熙时期编纂成书的，共收诗四万八千九百余首，作者两千两百余人。经查，第一五二卷收录的是颜真卿的九首诗，确实没有这首著名的《劝学》。这说明到清康熙年间，《劝学》诗还未归入颜真卿名下。

颜真卿是令人尊敬的历史人物。唐代淮西节度使李希烈叛乱时，颜真卿受命前去劝谕，最后被缢杀身亡，终年七十七岁。唐德宗下诏称赞他"器质天姿，公忠杰出。出入四朝，坚贞一志"。宋代文天祥称赞他"精忠赫赫雷行天"。《新唐书》记载他"博学，工词章"，《四库全书总目提要》对他的诗文有"典雅庄重，称其为人"的评价。其人其作历年为论者看重。若以常理推断，康熙时期这首《劝学》如果署名颜真卿，《全唐诗》不可能不收录进去。

接着，我查阅了《四库全书》中以宋代人辑录为蓝本的《颜鲁公集》，其第十五卷收诗（含联句）二十四首，连同二十一卷补遗的《裴将军诗》，共计二十五首，未见《劝学》诗。《颜鲁公集》附有南宋嘉定年间永嘉太守留元刚撰写的《颜鲁公集年谱》，提到颜真卿写作的《赠僧皎然》《使过瑶台寺，有怀圆寂上人》等诗歌的时间，但是不见提及"三更灯火五更鸡"这首《劝学》诗。此外，清朝道光二十五年（1835年）还有另一版本的《颜鲁公集》，是由宁乡人黄本骥编订的，列入《三长物斋丛书》。这个版本另编外集十八卷、补遗一卷，共三十一卷，比《四库全书》那个版本更完备，其第十二卷是诗卷，也没有找到这首《劝学》诗。

通过查阅前人作品，倒是发现不少与《劝学》类似的诗句。比如宋代连文凤的《偶作》："春风跃马看花时，肯信秋风鬓易衰。富贵百年皆长物，老来方悔读书迟。"明代朱同的《赠别赵省郎》："赵璧连城举世知，紫阳一见又分离。莫辞远客长征日，正是男儿报主时。"清代彭元瑞的书房联："何物动人，二月杏花八月桂；有谁催我，三更灯火五更鸡。"清代章甫的《望芦川早发》："三更残月五更鸡，叠促晨装上马蹄……"清代赵熙的《赠公孙长子》："……半生党论多鶗鴂，终古江声付鹭鸶。黄叶又逢孤客下，白头应悔读书迟。……"我在2016年第1期《江海学刊》查到安徽理工大学人文社会科学学院方胜先生的一篇文章，题目就是《颜真卿〈劝学〉是一首伪作》。方先生也提到不少古人相似诗句，比如宋代邵雍《励志》诗有"二月杏花八月桂，三更灯火五更鸡"之语。明代解缙也有七绝："三更灯火五更鸡，正是男儿立志时。一举首登龙虎榜，十年身到凤凰池。"方先生还提到清代小说《圣朝鼎盛万年青》第三十二回引用的一首诗："三更灯火五更鸡，正是男儿立志时。黑发不知图上进，老来方悔读书迟。"这首诗基本和现在流行的《劝学》诗是克隆兄弟了，但小说中并没有注明是颜真卿的作品。该小说叙写乾隆和方世玉等人的故事，最早出现于光绪十九年（1893）。这说明至少在光绪十九年之前，尚未有明确史料证明这首诗是归于颜真卿名下的。小说中的方世玉成为香港武侠电影中的热门人物。20世纪80年代，广东省体委编写《广东武术史》时曾查访过方世玉的资料，最后结果是查无此人。现在来看，署名颜真卿的这首《劝学》诗，好像也跟大侠方世玉似的，只存在于江湖传说，而无确切历史依据支撑。

至此，已经可以大概率推断，这首署名颜真卿的《劝学》诗是大范围、长时间内被以讹传讹了。方胜先生推测"极有可能是人们集句而成的一首启蒙诗作；至于将此诗归于颜真卿名下的原因，应该是后人在练习书法或教习儿童时，集颜真卿书法作品书写此诗，以致人们产生了误解"。那么，最早是什么时间开始把这首《劝学》诗归入颜真卿名下的呢？

3月6日，我向网络诗词技术专家陈逸云先生求助。逸云先生告诉我这首诗出自《费邑艺文存》。《费邑艺文存》由杨翊宸等人于清光绪二十五年（1899）开始编订，光绪二十六年（1900）印行。其中的第三卷是诗歌卷，收录颜真卿的诗歌八首，含这首《劝学》诗。杨翊宸为光绪十二年（1886）进士，后归乡主讲于费邑崇文书院。他认为"吾邑著作家不少，概见专集行世，唐以后无闻焉。国朝先正手泽，递经兵燹，所存无几，采访蒐辑，始得十数人，倘再听其湮没，益荡然无存矣"。颜真卿祖籍琅琊临沂孝悌里，其地大约就在今天的山东省费县。"费"字今读fèi，也有人认为在地名中是鄪字的简化，应读作bì，也有的资料认为在地名中应该读为如字音，即rú。当地人编辑地域艺文资料，收录颜真卿是可以理解的。费邑艺文存者，存费邑艺文也。颜真卿名下的这首《劝学》诗，估计就是杨翊宸等先生采访搜集的"唐以后无闻矣"的作品。当年刚入翰林的庄清吉在《费邑艺文存》

序言中说："虽有艺文，无人专为之存，则其湮没而不彰者，不知凡几矣，曷胜为吾邑浩叹哉！"他披露杨翊宸等人的工作方式是"取志书所不能备载之艺文，裒辑成帙"，这种"聊以存一邑之人文，并勖后起者已耳"的热情很感人，但似乎还缺少一种小心求证的谨严尺度和科学精神。

在未找到新的辅证之前，我倾向认为这首《劝学》诗出自民间诗人之手，并不是颜真卿所留。现在，包括人民教育出版社、语文出版社的小学语文课本在内的很多书都选录这首《劝学》，我想一方面源于易记又励志，另一方面也饱含了后人对颜真卿本人的一种特别敬重。

"三更灯火五更鸡"等诗句至今广有影响。据李元洛老师回忆，2009年秭归端午诗会后，他曾随诗人余光中、流沙河赴三峡大学讲学诵诗，诗人流沙河的题辞为联语："正当花朵年龄，君须有志；又见三更灯火，我已无缘"，这也可看作"三更灯火五更鸡"的又一例现代变奏。另外，关于"三更灯火五更鸡，正是男儿读书时"，我还想多说几句话。一般从字面理解，很容易认为这两句诗讲的是三更和五更为读书的最佳时刻。然而白天就不能够读书了吗？为什么非要特意选择子夜到拂晓这段时间来熬夜？其实，"三更灯火五更鸡"的真正含义应该是从"五更鸡"时开始读书、一直读到"三更灯火"时结束，也就是早晨早早起，晚上晚晚睡，抓紧"大块"光阴和大好时光来积极充电，这才是具有可行性和励志意义的一种读书习惯，也才是关于"三更灯火五更鸡"这句诗的恰当和准确的打开方式。

"一枝红杏出墙来"的不同变奏

疫情期间宅居,日以读书为乐。虽然无法尽情游春赏春,但是在古诗中体味春天,也别有一番体味和感发。深夜闲坐,默想春潮,我记起宋人张良臣的一首《春词》:

仁兰无限楚时春,菾岸风平绿自熏。
睡起画檐双语燕,梨花留得夜来云。

这首诗把春天景色在读者面前一一罗列,有声有色,如数家珍。只是每句平均用力,略微失于直露,不如他的另外一首《偶题》更加含蓄:

谁家池馆静萧萧,斜倚朱门不敢敲。
一段好春藏不尽,粉墙斜露杏花梢。

这首诗不是把春天景物像献宝一样直接一一摆列,而是欲扬先抑,借用一个不知名的朱门先把这一段好春"藏"了起来。然后再说春天藏也藏不住，最后让那粉墙头上斜出的杏花梢把春光全都泄露了。一藏一露，一波一折，就比一览无余地直接描写春天风景，显得在技巧上更高级了一些。

张良臣的这首诗，妙就妙在这个"藏"字上。只是他的这个"藏"字，还不算最为绝妙，不如同时代诗人叶绍翁的一个"关"字用得更有力度。张良臣那一堆斜露的"杏花梢"，也不如叶绍翁笔下的"一枝红杏"更加生猛和热烈。

叶绍翁的《游园不值》我们都很熟悉，诗是这样写的：

应怜屐齿印苍苔，小扣柴扉久不开。

春色满园关不住，一枝红杏出墙来。

头句"应怜屐齿印苍苔"，起得平直，猜测说主人爱惜园内的青苔，怕游人的屐齿践踏。第二句"小扣柴扉久不开"，承得舂容，引出"柴扉"久叩不开的现实状况。第三句"春色满园关不住"，转出了新的变化。由柴扉不开，联想到"关不住"。第四句"一枝红杏出墙来"，合如渊水，深不可测，余韵无穷。这亮丽鲜明、神奇清新、清狂野逸、景中含情、情中寓理之句，为全诗画上了一个圆满的句号，也鲜明地演绎了绝句起承转合的完美过程。关和出在这三句、四句一抑一扬，感情节奏鲜明，第三句响，第四句放，像烟花一样灼灼生辉。正如元杨载所言"婉曲回环，删芜就简，句绝意不绝。第三句为主，而第四句发之……承接之间，开与合相关，反与正相依，顺与逆相应"。张良臣的《偶题》和叶绍翁的《游园不值》，无论题材还是立意，甚至连句式和结构也都如出一辙。但是前者如怛怩小溪，后者则如奔放春水，无论声势和载量，都不在一个相同级别上。叶绍翁《游园不值》的影响力和传播力，都远远大于张良臣的《偶题》。这其中的神秘而隐奥的艺术规律，是很耐人寻味的。

"一枝红杏出墙来"虽然看上去很美，但是其实并不是叶绍翁的首创。下面我们来比较一下"一枝红杏"这一常见意象在历代不同作品中的不同艺术效果，如陆游的《马上作》：

平桥小陌雨初收，淡日穿云翠霭浮。
杨柳不遮春色断，一枝红杏出墙头。

叶绍翁与陆游同为南宋时期诗人，叶绍翁生卒年不详，但是据史料记载，他在宋光宗时期曾当过小官，而宋光宗即位时陆游已经六十五岁了，以此推测陆游应该比叶绍翁年长很多。再以年齿为据进行推测，陆游的《马上作》写作时间似应早于叶绍翁，有可能对叶诗有所启发。不过，单纯就语言效果来说，《马上作》全诗偏于客观描绘，意象平铺，散点透射，局促拘泥，四句之间缺少呼应和承转，形象和视角缺少由表及里的明显递进。正所谓走马观花，纵深不足，失之于仓促和潦草，所以最后一句的光彩，也淹没在前三句的苍白之中而归于黯淡了。

再看早于陆游的北宋王安石的一首《独卧二首 其一》：

> 茅檐午影转悠悠，门闭青苔水乱流。
> 百啭黄鹂看不见，海棠无数出墙头。

王安石这首诗同样仅仅止于客观描述，有境无意，不成意境。整体结构上是单层的、单向的思维方式，缺少立体架构和层次转合，没有境象之间的内在变幻。最后一句"海棠出墙头"是从院子里边的视角而言的。结句芜杂，语气平淡，感情色彩不强烈。

再看早于王安石的唐代吴融的一首《途中见杏花》：

> 一枝红杏出墙头，墙外行人正独愁。
> 长得看来犹有恨，可堪逢处更难留。
> 林空色暝莺先到，春浅香寒蝶未游。
> 更忆帝乡千万树，澹烟笼日暗神州。

吴融的作品当然也早于叶绍翁，但是一方面律诗传播不如绝句便捷，另一方面吴融把"一枝红杏出墙头"这个好句子放在了开头，先声夺人，后边却没有能够接续上来。结果显得上气不接下气，这就像唱歌一样，如果一开头把调门起得太高，后面就唱不上来了。所以也不如叶绍翁作品转得浑然，合得机巧，更能够打动人心。

吴融还有一首《杏花》，是这样写的：

> 粉薄红轻掩敛羞，花中占断得风流。
> 软非因醉都无力，凝不成歌亦自愁。
> 独照影时临水畔，最含情处出墙头。
> 裴回尽日难成别，更待黄昏对酒楼。

他这里的"最含情处出墙头"，其实也有"一枝红杏出墙来"的意蕴。只是他安排在颈联，语义也比较抽象，所以尽管也是很不错的一副对句，但还是不如叶绍翁安排得更加醒目和鲜明。

再看另一位唐代诗人王鲁复（字梦周）的《故白岩禅师院》：

> 能师还世名还在，空闲禅堂满院苔。
> 花树不随人寂寞，数枝犹自出墙来。

这首诗也早于叶绍翁。诗人描写的是院门打开，从门外向门里张望所见到的场景。前两句铺垫寂寞的环境，后两句写蓬勃的花树。最后的数枝也切合诗中描写的情景，但终究不如叶绍翁的"一枝"峰回路转，上下勾连，结得出人意外，而又更加鲜明艳丽。钱锺书先生曾经在《宋诗选注》中比较过"一枝红杏出墙来"的那些不同变奏，认为"或则和其他的情景掺杂排列，或则没有安放在一篇中留下印象最深的地位，都不及宋人（指叶绍翁）写得这样醒豁"，确为至论。明代文坛盟主王世贞讲到诗篇结构时说："第一要起得妙，起处得力，则下处全不费力矣。第二要结得好，结处生动，则上面亦自然灵动矣。"叶绍翁这首《游园不值》，就是一个结构成功的鲜活例证。

综上所述，即使是同样一个近似的好意象、好创意，但因为作者的处理方式不同，安排在每首诗的结构不同，其所起的艺术作用以及产生的艺术效果也是很不相同的：

叶诗结构就像一杯上好的铁观音，酽而不腻，清而有韵，从容不迫，恰到好处。

陆诗就像一杯普通的茉莉花茶，香风扑面，暖心醒目，色味稍浅，不耐咀嚼。

王安石诗就像一杯寻常普洱，汤厚味燥，稍欠沉积蕴藉。

吴融诗就像饮料，甜过之后，没有回味。

最后的王鲁复诗就像一杯石斛，别有境界，可惜清润有余，色香稍薄，槎枒瘦硬，没有走进寻常人家。

一首关于春天的诗

疫情挡不住春天的脚步。虽然困居斗室,但是读诗,却给我带来许多美好感觉和温暖情绪。古老的中华诗词让我感受到春的节拍和美的律动。

如果让我随口说一首关于春天的诗,我首先想到的是苏轼《惠崇春江晚景》的第一首:

竹外桃花三两枝,春江水暖鸭先知。
蒌蒿满地芦芽短,正是河豚欲上时。

惠崇是一位僧人,也是一位画家。苏轼出生的时候,惠崇已经去世了。苏轼为他的两幅同名遗作题写了两首诗,其中最出名的就是这一首"竹外桃花三两枝"。

可惜惠崇的绘画流传下来的不多。这幅《春江晚景》也没有流传下来。但是通过苏轼的妙笔,我们仍然能够想象和感受到惠崇图画的温暖、美妙和鲜丽。诗的第一句紧扣题目,直接说画面上的植物。诗人用朴实的语言,点明触动自己内心的醒目色彩和鲜明感觉。第二句描写画面上的动物，这一句也是这首诗中最出名的一句。作者巧妙地采用鸭子这一生动意象，把那难以摹状的温度也逼真地描写了出来。这首诗的前两句进行的是具体描述，都是用细节来说话的，可以说采用的都是特写镜头。而到第三句则改换成为广角镜头，用蒌蒿和芦芽直接烘托出了一片翠绿的背景，突出了前两个动植物的鲜明形象。作者在第四句则没有停留在客观描写上，而是运用了联想的手法，转用虚拟的关于河豚"欲上"的内心活动，机智地开拓了画面的想象空间，增加了动感和韵律。通过苏轼的诗句我们可以推测，其实惠崇的画面中并没有河豚，河豚只是作者的合理想象而已。我曾试着用实写的方式改写一下这首诗的第四句。

比如：

竹外桃花三两枝，春江水暖鸭先知。
蒌蒿满地芦芽短，曳尾河豚逆上时。

"逆上"就是向着河流的相反方向奋力游动，这两个字把"欲上"那种想象性的动作描写变成了实际的动作描写，这里的"曳尾河豚逆上时"终于直接把河豚写了出来，但是画面则显得拥挤了一些，塞得太满，不符合传统中国画虚实相生的美学原则。

再比如：

竹外桃花三两枝，春江水暖鸭先知。

> 蒌蒿满地芦芽短，白日依山欲下时。

这里的"白日依山欲下时"把虚拟的河豚换成了实景中的太阳，但是直白浅显，没有了苏轼原来那种特有的含蓄蕴藉的丰韵。

再比如：

> 竹外桃花三两枝，春江水暖鸭先知。
> 蒌蒿满地芦芽短，坐看东山月上时。

这里的"坐看东山月上时"恬淡幽静，但是从黄昏到静夜，时间跨度有点太大，而且加了一些晦暗和朦胧，失去了原作特有的空灵和明丽。

这三种改写方式虽然都是实写风物，但确实反而不如虚写河豚更加耐人寻味些。

《惠崇春江晚景》的题目，过去也有些争议。有人说题目应该叫《题惠崇春江晓景》。比如钱锺书先生的《宋诗选注》采用的就是这个题目。但是究竟应该是春江晚景还是晓景？虽然惠崇的原作失传，但是从诗的最后一句我们还是能够进行一些推测。

诗人看见了蒌蒿和芦芽，想起了和荻芽一起烹制成美味的河豚。欧阳修在《六一诗话》中说："河豚常出于春暮，群游水上，食柳絮而肥，南人多与荻芽为羹，云最美。"由此可以推测，苏轼的联想是从春天的傍晚出发的，因为傍晚才有河豚活动，所以我才愿意给"春江晚景"投一张赞成票。也正因为春日的太阳晒了一天，原来清冽的春水也温柔了一些，也才有春江水暖的现象出现。由此也可以体味古人体物之细、用意之妙。

《惠崇春江晚景》是一首比较明朗的题画诗。题画诗的内容要和画面紧密相关，具有特定的情景，是不可借换的。题画诗的风格要明白晓畅、亲切和顺，不能过于晦涩艰深。正如鲁迅所言："如一条清溪，澄澈见底，纵有多少沉渣和腐草，也不掩其大体的清。倘使装的是烂泥，一时就看不出它的深浅来了；如果是烂泥的深渊呢，那就更不如浅一点的好。"另外，题画诗贵在开拓新境，扩大想象，借题发挥，棋高一着，以少胜多，有心领神会之趣。苏轼的《惠崇春江晚景》，就是这样一首优秀之作。

那么最后还有一个问题。苏轼这首诗是直接题写在惠崇画作上的吗？这还真是应该存疑。

唐代的诗人写了不少题画诗，比如杜甫的作品中就有五首写到画山水、四首写到画马、三首写到画鹰。宋代也有不少题画诗，不过，据现有史料，宋代以前的题画诗不是直接写在画上，而是写在画卷的后尾，或画卷的前面，或者写在画卷的外面，另作为一个作品。苏轼为王主簿所作的题画诗："论画以形似，见与儿童邻。赋诗必此诗，定非知诗人。诗画本一律，天工与清新……"这首诗就是放在画后面作为跋文的。现存的在画上题诗的较早例证是宋徽宗的《腊梅山禽图》和《芙蓉锦鸡图》等。宋徽宗于1100年即位，苏轼于1101年逝世。宋徽宗在位时曾经大兴画学，并常以诗文命题作画。但是此时苏轼已经去世了。

虽然无法断言苏轼此诗是题在画上还是写于画外，可是倘若作为一种推测来发言的话，我估计大概率是不会直接在画上题款的。在画作上大量题诗并成为一种风气，是到了元代才开始风行起来的。

再说《惠崇春江晚景》

在一首诗中既让人感受到温度，又让人咂摸出味道，是很难的。苏轼《题惠崇春江晚景》的第一首，既让人感受到春水的温暖，又让人联想到河豚的美味。短短四句诗，能够做到有声，有色，有滋味，有冷暖，真是神来之笔。

惠崇是宋初僧人，擅长诗画。史料中关于他的生平资料很少。陈传席先生在《中国山水画史》中说："惠崇，一作慧崇……一般称其为'五代时僧惠崇'，死于宋初"，王传龙先生稽核前人资料后认为惠崇卒于1021年前后，祝尚书先生根据宋祁的一条诗注推测惠崇逝世于1023年，另外网上也有资料记载惠崇的卒年为1017年。尽管诸说纷纭，但是生于1037年的苏轼没有见过惠崇，却是可以推断的。苏轼写《惠崇春江晚景》时，看到的仅仅是惠崇的遗画。前些天，我曾在一篇文章中说："苏轼有个好朋友叫惠崇……惠崇画了一幅画，他请苏轼按照这幅画来题诗。"这显然是不正确的，需要做个自我批评。

《惠崇春江晚景》的题目历来有争议，另有一种说法是应该叫《惠崇春江晓景》。无论"晚景"还是"晓景"，都有古代版本的证据作为支撑。但是从文本角度来切入，我还是愿意为"晚景"继续投赞成票。

我的理由还是从对组诗第一首的最后一句"正是河豚欲上时"的推断而来。欧阳修在《六一诗话》中说："河豚常出于春暮。"这里的"春暮"，我直接理解为春天的傍晚。近日突然又想到"春暮"还可以理解成"暮春"，这样苏轼题目中的"晚景"也可以理解成描写的是晚春的风景。只是这与这首诗前三句所写早春风景不合。我查到宋叶梦得《石林诗话》说："浙人食河豚于上元前。"上元即正月十五，时令上显然应该归于早春。明李时珍《本草纲目》也说河豚要在早春吃，到了"三月则为斑鱼，不可食也"。宋代沈括《梦溪笔谈》还讲到日暮时分捕取河豚的方法……所以，我认为苏轼所写"正是河豚欲上时"是在早春的傍晚，而不是落花时节的暮春。

《惠崇春江晚景》共有两首诗。这组诗的第二首是这样写的：

两两归鸿欲破群，依依还似北归人。

遥知朔漠多风雪，更待江南半月春。

从诗句来猜想画面，主体应该是一队大雁列队北飞，其中几只在飞行中离开队列，依依不舍回头遥望，像是知道此去北方会很寒冷，不愿意离开这南方温暖的春光。诗人接着深入探究这几只大雁的心理活动，认为它们是想待在江南再多享受半月春色。以此推想，画面上表现的时间不会是早晨。因为大雁假如早晨起飞时就想"更待江南半月春",干脆直接不起飞就可以了,没必要飞到天上再回顾大地。只有经历了一天的劳累奔波,到了黄昏时候,回头看看翅膀下边的江南美景,才会产生"欲破群"留下来的心理氛围。将组诗第一首和第二首参照来看,我认为苏轼笔下写的确实是"晚景",而不是"晓景"。当然这仅是我个人读诗的点滴体会,正如"一千个人有一千个哈姆雷特",人们对"晓景""晚景"的看法会因各自角度的不同而不同,也没有必要一定归于一统。"晚、晓"二字字形相近,古人传抄中出现讹误,在所难免。不过我很好奇,苏轼自己究竟是"晚"派还是"晓"派呢?艺术家固然允许在作品中展开"雪里芭蕉"一类违反常识的艺术想象,但是一定会有情感逻辑和艺术真实作为支撑。不打诳语应该是诗词作品的生命之基。

《清平乐》的"乐"字读音

电视剧《清平乐》播出之后,关于《清平乐》中"乐"字的读音,也引起学人们在《光明日报》等媒体上的一番争议。认为应该读"lè"的有沈文凡、早川太基等先生,认为读"yuè"的有王兆鹏、徐晋如、彭国忠等先生。

此前,我个人所了解到的关于《清平乐》词牌的一些常识是"取用汉乐府'清乐''平乐'这两个乐调而命名。后用作词牌。又名《清平乐令》《最春风》《醉东风》《忆萝月》,为宋词常用词牌。还有一说李白曾作《清平乐》,并创制为词牌。《尊前集》载有李白《清平乐》词五首,但有学者认为恐后人伪托,不可信。注意'乐'字有五种读音,《清平乐》中的'乐'是乐调名,据意应读'yuè'。不能读成'lè''yào''luò'和'liáo'"。坦白讲,"乐"字这一读音问题,我此前没有专门研究过,基本是依据前人论断而断。记得《咬文嚼字》杂志一位金编辑曾经考证过《永遇乐》的"乐"字读音。他举出清初万树所编《词律》为例,该书韵目索引是根据词调末字的读音来排序的。最后一个字同为"乐"字的词牌,如果读音不同,则排列的顺序也不一样,《清平乐》的"乐"读"yuè",《永遇乐》的"乐"读"lè",各排在不同地方。金编辑提到的例证,这次争议中也有学人提到,作为《清平乐》的"乐"字读音为"yuè"的一条论据。

连续读了各位学人关于这一问题的考证文章,洋洋洒洒,各有妙论,确实大开眼界。读"lè",则"乐"字本义理解为美满、和乐;读"yuè",则"乐"字代表曲调体制。诸位先生各以严谨态度和扎实功底来进行学术辨析,并以文献和典籍资料作为读音的立论依据,但双方也没有特别硬的证据否定对方的资料依据,因而也无法令人完全信服地否定对方,无法断言绝对不能读"lè",或者绝对不能读"yuè"。就现有考证结果来看,"乐"字读音无论是"yuè"还是"lè",都有典籍资料作为支撑凭证。这些凭证资料有的来自唐代和宋代,有的来自明代和清代;有的来自我国中原地区,有的来自海外。但差别也仅仅是资料来源存在着的年代差异和地域差异而已,时过境迁,我们不能依据唐宋读音,就判定明清不对;也不能依据海外读音,就反证中原读音不对。二者双轨并行,求同存异即可。

《现代汉语词典》中的字音就经常修订,各版有很大变动。比如"呆板"的"呆"字,过去词典读音是"ai",现在读音是"dai",时间相隔仅仅十几年,变化已经如此巨大,何况历史演变中的字音变化了。现在我们找到的资料,多是说唐代读音如何,宋代读音如何,明代和清代读音如何,这当然都可作为文献依据,但也都不具备排他性的依据。我们怎能说唐代读音就正确,明代和清代读音就错误呢?某字读音会有地域差异,也会有年代变异，发生任何演变都是正常的语言现象。《清平乐》的"乐"字语义完全可以兼二者而一之，可以理解为表示美满、和乐，同时也表示曲调体制。这二者的关系，并不是非黑即白的关系，而是可以并存的。至于到底应该怎么读，还是按照约定俗成和个人习惯而定。花开花落两由之，可也。

伯乐曾经推荐九方皋为秦穆公寻找千里马。九方皋三月而返，说在沙丘找到千里马了。穆公问："何马也？"九方皋说："牝而黄。"派人找来这匹马却是"牡而骊"。也就是说，九方皋把马的毛色和性别都说错了。伯乐因此评价说："得其精而忘其粗，在其内而忘其外。见其所见，不见其所不见；视其所视，而遗其所不视。若皋之相马，乃有贵乎马者也。"要真正能够认识一件事物，是需要透过现象来发现本质的。关于《清平乐》的"乐"字读音问题，就类似千里马的"色物牝牡"。另外，近来关于古诗词的读音，经常听到一些比较新颖的观点。比如"京口瓜洲一水间"的"间"字应该读一声调还是读四声调，就有不同见解。我认为，现代学者据古籍推断出一些字句的古音，可以作为非物质文化遗产的学术成果，但不可作为当代的审音标准。今天读者读古诗，还是宜以普通话为依据，以《现代汉语词典》为准。语文教学中遇到古今读音不同的韵脚字，可以特别注明押的是古韵即可，而现代阅读，尤其是中小学语文教学中的阅读，还是要按照普通话读音为正音。倘若各行其是、各读各音，并坚持以我为据、以我为尺，这就不是在推广传统文化，而是添乱了。

现在关于《清平乐》"乐"字读音的争辩中，有一种考证思路是明显值得商榷的：即寻找前代读音资料为论据，以其中的年代远近作为正误的标准和取舍的依据。然而汉字的读音是伴随年代发展而不断变化的，正如河水是在不断流动的一样。即使找到一个前代读音的资料，哪怕考证完全靠谱，证据铁板钉钉，也不能断定后代就必须以此读音为准，否则不就是在重复刻舟求剑的老套路了吗？

"青绿腰"究竟怎么读?

舞蹈诗剧《只此青绿》在2022年央视春晚惊艳亮相之后,高难度的标志动作"青绿腰"也成为爆款,成功出圈。舞者上半身后仰,角度直至与地面平行,仿佛在山水中醉卧,又仿佛是在半空中翩然滑翔……这个优美的舞蹈动作,伴随着"青绿腰"这样美丽的名字,一夜之间风靡大江南北。

"青绿腰"这三个字应该怎样读?按照现代普通话读音,笔者一直读作"qīng lǜ yāo"。不过,近日忽然读到一篇流量颇大的网文,专门论述"青绿腰"的读音,认为许多人(应该也包括笔者在内)都把"青绿腰"的读音弄错了。

该网文作者认为,"绿腰"之名,出自古舞,原名"六幺",又名"录要",读lù yāo。"绿腰"之"绿",不指绿色。"绿腰"之"腰",不指腰身。网文作者认为五代画家顾闳中的名画《韩熙载夜宴图》,在第二段"观舞"中出现的就是"六幺舞",并且引用了唐代白居易《杨柳枝词》中的"六幺水调家家唱",作为此舞当时流行的例证。笔者不擅舞蹈,但比较喜欢古诗词。网文作者所引白居易诗句,却也同时引起我的另外一种疑虑:白居易

《杨柳枝词》的全文是这样的："六幺水调家家唱，白雪梅花处处吹。古歌旧曲君休听，听取新翻杨柳枝。"很显然，白诗人已经明确写明"六幺"是"古歌旧曲"，并非专指舞蹈。宋代欧阳修也曾写过"白发戴花君莫笑，六幺催拍盏频传"，这里的"六幺"也是古曲调名，又称《绿腰》。幺是小的意思，因此调羽弦最小、节奏繁急而得名，并非专指舞蹈。可见，流量颇高的网文作者以"家家唱"而不是"家家舞"的"六幺"为据，论证"以'绿'为绿色，以'腰'为腰身"是"误读"，还是值得进一步商榷的。

勤于思考和探索的精神当然是值得赞赏，但那篇网文作者对"青绿腰"读法进行的"辩证"，则缺少足够的说服力。因为《只此青绿》的创作灵感并非来自古舞或古曲，而是来自一幅著名的古画——北宋著名画家王希孟创作的《千里江山图》。这幅现藏故宫的珍贵名画，在设色和笔法上采用的是国画的老技法——"青绿山水"画法。清代画家王石谷说："凡设青绿，体要严重，气要轻清，得力全在渲晕。"这种画采用的以石青、石绿为主的矿物质颜料，即使经历了悠久的时光漫漶，仍能放射出令人惊喜的莹莹的青绿光泽。主创人员正是从古画的"青绿"意象提炼出了舞蹈的魂魄，取名《只此青绿》也是由此"青绿"而来。青绿是古画的主体，也是舞剧的主题。"青绿腰"在剧中被称作"险峰"，由此也可证明，其展示的正是青绿山水的美好意境。这是舞蹈与绘画的完美融合，是从静态画到动态舞的美好升华，是跨越时空和艺术种类的创造性转化和创新性发展。

"青绿"一词，在古老的汉语言中并非多么冷僻的词。北宋秦观在《送蔡子骧用蔡子骏韵》中写道："越绝山川远相属，万壑千岩抱青绿。"元末王冕在《张御史西山雪堂》中写道："悬崖绝壁堆琼瑶，叠嶂重峦隐青绿。"清帝玄烨也在《题边景昭鸣禽图》中写道："青绿缤纷巧画工，鸣禽对对绕芳丛。"……这都是前人使用"青绿"一词的实际例证。该词色彩鲜明、通顺晓畅，也正合绿水青山的美好寓意。我们何必左弯右绕，拗着口儿非要读作什么"青录"呢？

"绿"字是古入声字，在平水韵中属沃韵，《康熙字典》确实标明读音为"録"。但我们毕竟生活在现代而不是古代。现代人的生活，当然还是应该提倡普通话，推广和普及普通话，运用规范、标准的普通话读音来阅读和交际。目前而言，以北京语音为标准音，以北方话为基础方言，以《汉语拼音方案》为正音标准，以典范的现代白话文著作为语法规范，已经是现代汉语使用和传播中的"最大公约数"。关于"青绿腰"的读音，我们理直气壮读作"qīng lǜ yāo"，又何错之有？

谫说海棠的"睡眠问题"

又到海棠盛开时节,嫣红姹紫,满树明艳,美不胜收。新冠病毒也挡不住春天的脚步,戴着口罩也不可无诗。漫步在明丽的海棠花间,想起的首先是宋代苏东坡的名作:"东风袅袅泛崇光,香雾空蒙月转廊。只恐夜深花睡去,故烧高烛照红妆。"前两句写动情之花,后两句写惜花之情。以拟托喻,以动渲静,辞巧韵工、意永味醇,写出了无限的欢忭和明媚。

唐代白居易有一首《惜牡丹花》:"惆怅阶前红牡丹,晚来唯有两枝残。明朝风起应吹尽,夜惜衰红把火看。"白氏的"夜惜衰红把火看",乍看与苏氏的"故烧高烛照红妆"有点相似,但白氏写得凄凉冷寂,远不如苏氏的温馨畅美更具亲和力。温庭筠也有一首《夜看牡丹》:"高低深浅一阑红,把火殷勤绕露丛。希逸近来成懒病,不能容易向春风。"写的同样是"把火"看花,但枯涩干瘪的平铺直叙,亦远不及东坡居士笔下深幽曲婉的万种风情。

接下来的诗坛,"把火看牡丹"就不如"烧烛看海棠"更流行了,这与宋代释惠洪《冷斋夜话》中的"海棠春睡"这个"梗儿"是有一定关联的。传说唐明皇登沉香亭召见贵妃杨玉环,见她沉醉未醒,醉颜残妆,说了一句"海棠睡未足耳",从此"海棠春睡"就成了典故。在宋代诗人眼里,海棠这位美妙佳人究竟该不该"睡眠",也成为一个饶有兴味的话题。

因为东坡居士写了"只恐夜深花睡去",别的宋代诗人不好意思再重复这个思路,所以只好各逞才思,另辟蹊径。苏东坡说担心海棠"睡去",陆游就说不担心海棠"睡去",反而宣称海棠"睡去"会更美丽。陆游笔下的海棠更多一份飘逸和通脱:"雨霁风和日渐长,小园尊酒答年光。直令桃李能言语,何似多情睡海棠。"杨万里也是支持海棠"睡去"这一"派"的诗人,并且为了海棠花不肯"睡去"而反复追问。他写道:"木藁篱菊总无光,秋色今年付海棠。为底夜深花不睡,翠纱袖上月和霜。"持相同观点的另一位诗人沈与求,则更恳切地写出了"花睡去"的妙处:"剪成香蜜缀疏枝,度腊争春已恨迟。清夜无人花睡去,小园风露更相宜。"他认为海棠花儿含露酣睡的风致是最为宜人的。当然也有不在乎海棠睡眠问题的宋代诗人,吴芾就主张心情好坏不缘于花,而是缘于一起看花的人。他认为不能和好友一起赏花才是影响看花兴致的重要因素,所以在寄给友人的海棠诗中,他感叹:"海棠已赋十分妆,细看妖娆更异常。不得与君同胜赏,空烧银烛照花光。"正所谓人诗非我,人云勿云。发现才是创造,新鲜才是魅力。有不同的性灵、不同的涵养、不同的境界,也才会有出人意表的不同笔墨。

宋代以后,缘于苏东坡《海棠》诗的巨大影响,海棠的

"睡眠问题"也经常被诗人们提上议事日程,而且总能够从新异的角度开掘一番新意,呈现另一种俊美。金末元初诗人李俊民说:"轻风袅袅泛崇光,长恨司花不与香。春睡一声莺唤起,却教老眼见啼妆。"他认为海棠的睡眠是被黄莺给唤醒的。明代诗人赵钸笔下的海棠则增加了一点细节和趣味,他说:"醉后移榻看海棠,娇姿如醉半依墙。无端惊起花间蝶,飞扑银缸乱晚妆。"另一位明代诗人张肯比赵钸则多了一分生态环保意识。他为了海棠树上的一双宿鸟,特别提醒人们不要烧烛进行打扰:"双双何事为春忙,花底飞来羽翼香。今夜且留枝上宿,莫烧银烛照红妆。"后来到了清代,诗人郑用鉴的海棠诗中依然在劝人们"慎莫燃犀照",给出的理由是怕看到落花而伤感:"细雨廉纤小院中,凭栏淡冶满芳丛。夜深慎莫燃犀照,祇恐阶前有断红。"相较而言,我更喜欢另一位清代诗人孔继坤的《海棠》诗:"几枝点染竹篱新,一笑风前独殿春。秉烛岂愁花睡去,微吟还有未眠人。"他笔下的海棠多了一些沉郁和厚重。诗人刘天谊笔下的海棠也别有气韵和格致:"春宵争喜照红妆,谁解三秋亦信芳。吟赏名花须冷眼,俗情空有热中肠。"思无疆,境有界,人花合一,飒然风骨。

读了这么多关于海棠"睡眠问题"的作品,最著名的还是苏东坡的《海棠》,尤其是那句"只恐夜深花睡去"。这种"只恐"体的结构形式确实巧妙轻灵,生趣十足,暗蕴一种无形的艺术规律和结构技巧,值得探讨和借鉴。但借鉴不是照搬,探讨不是模仿,最需要强调的还是诗人宝贵的发现力和想象力。宋代僧人释惟茂在为山抒情时说:"四面峰峦翠入云,一溪流水漱山根。老僧只恐山移去,日午先教掩寺门。"金代元德明为楸树歌咏时说:"道边楸树老龙形,社酒浇来渐有灵。只恐等闲风雨夜,怒随雷电上青冥。"元代胡尊生在《因官伐松》中替松树代言:"大夫去作栋梁材,无复清阴护绿苔。只恐江头明月夜,误他千里鹤归来。"明代僧人释函可在《秋燕》中说:"海水苍茫何处归,深秋犹自傍人飞。旧时王谢皆泥土,只恐重来我又非。"明代罗亨信在画马时写道:"渥洼神骏气如山,顾影骄嘶朔漠寒。只恐化龙无觅处,故教写入画图看。"清代诗人丘逢甲在《小松》中低吟:"出林鳞鬣尚参差,已觉干霄势崛奇。只恐庭阶留不得,万山风雨化龙时。" 这种"只恐"体的结构方式虽然相近,呈现出来的境界和襟抱却各有各的灵趣和匠心。抛开固有模式看海棠,就会进入另一个更多姿多彩的抒情空间。需要用万花筒来观察,用多棱镜来探索。从宋到清,海棠还是那树海棠,"只恐"体也还是那样年年岁岁花相似,然而通过调换近景、中景、全景、远景,尝试平拍、仰拍、俯拍、背拍,不同年代的诗人却都能够发现各美其美的不同景致,找到属于自己的艺术亮点。横看成岭侧成峰,远近高低各不同。题材重复并不可怕,习惯性的思维方式才会令人审美疲劳。只要突出个性,找准视角,总能发现一些前所未有的东西,唤起一些崭新的心灵震颤。

春天总是为我们准备着一份和前人不一样的美好,一代代的海棠诗也是永远写不尽的。前两年每到这个季节,诗友们都会赶赴南开大学的迦陵学舍,簇拥在叶嘉莹先生身边举行海棠雅集。

今年海棠花季已到，而大概因为疫情缘故，尚未听到雅集的讯息。但是面对无限春光，总是会有诗情在胸中涌动的。谨献拙作《咏西府海棠》，聊赘本文文末：

苞吐丹霞摒俗香，叶垂绿袖掩红妆。
两眸热泪凝晨露，一树欢颜立夕阳。
睡去云轻花正懒，醒来风淡蝶偏忙。
兴酣只恐压工部，为有佳篇酬海棠！

跟李清照学学叙述

李清照有一首《如梦令》:"昨夜雨疏风骤,浓睡不消残酒。试问卷帘人,却道海棠依旧。知否,知否?应是绿肥红瘦。"

秦观也有一首《如梦令》:"莺嘴啄花红溜,燕尾点波绿皱。指冷玉笙寒,吹彻小梅春透。依旧,依旧,人与绿杨俱瘦。"

李清照立意是赏春,秦观立意是伤春。一个清丽欢谑,一个冷寂凄清。秦观比李清照在词句上更雕琢一些,造语更玄奥,文人气也更浓。两首词,词牌相同,韵部相同,题材也都是咏春,李清照的《如梦令》比秦观的《如梦令》晚些,而且"人与绿杨俱瘦"还直接启发了李清照另一首词中的名句"人比黄花瘦";但是,秦观的《如梦令》却远不如李清照的《如梦令》著名。

从词采上讲,秦观比李清照似乎要高明一些。"溜""冷""寒""彻""透""瘦"等字奇峭精美,都很讲究,用得稳健。他将人与草木的憔悴连在一起,营造了天人合一的巨大寂寞感与孤独感,更凸显了内心的巨型苦闷和磅礴忧伤。而李清照只是用对话描述一个小的剧情冲突,语不惊人,情不惊人,事不惊人,为什么却能够超越秦观的词?个中缘由颇为耐人寻味。

李清照曾经批评秦观的词"专注情致,而少故实"。情致即情趣,故实即用典。意思是秦观专心在清浅的自我抒情,却缺少对典故的自如运用。不过,具体到秦李这两首词的高下之分,我认为秦观并不是在故实或曰典故上丢了分,而是输在叙事的技巧上。

秦观的作品词采斐然,但所表达的内容却含含糊糊、吐字不清。个人的小嗓门的抒情多,而呈现出来的具体生活细节少,整体比较起来显得空洞和轻飘。而李清照的作品生趣盎然、俏丽明快,言之有物。语言上虽有沿袭,意境上却为新拓,读起来别有一番韵味在心头。

我们沿着李清照的这首《如梦令》上溯,还会发现另外一个出处,就是唐代诗人韩偓的《懒意》,诗的最后四句是:"昨夜三更雨,今朝一阵寒。海棠花在否,侧卧卷帘看。"

韩偓诗歌的最后四句,和李清照的《如梦令》真是"似曾相识"。韩偓描写的是清晨懒起的少妇心态,既白描了"昨夜雨"和"今朝寒",也勾勒了少妇在床上侧身探看海棠的特写镜头。这种表达方式采用的是一路直叙平铺,词采有余而灵彩稍欠,缺少李清照词中主仆问答的曲折和波澜,尤其是缺少绿肥红瘦的响亮判断和明亮对比。

从一个人的内心独白,增加到两个人的主仆对话;从一个只叙懒起情状增加到交代了浓睡原因;从一个单纯疑问,增加到明确的问答回应;从一个平面的疲倦表情,增加到一个责备娇嗔的生动意态……虽然,李清照基本是在重复韩偓的固有意境,但高明在"短幅中藏无数曲折",抒情与叙述的两衡之思,均有匠心和气韵的独到与圆通之处。

诗词要叙述的内容才是作品的根脉,辞藻只是花叶而已。花叶之美,动摇不了根脉之基。李氏长于抒情,而这首《如梦令》则更精于叙事。这首词切物切情,有景有物,口齿清晰,意象简单,语言清浅,说到底也还是胜在了"叙述"上。对于一首小叙事诗而言,离不开生动的细节描写,离不开典型环境中的人物塑造,也离不开前瞻后顾的结构技巧。此间诸般门道,仍需细细品味。另外,对当下诗词界重比兴、轻赋法,重抒情、轻叙事的风习,也应该重新打量一番了。

为王安石的"绿"字献疑

北宋王安石写过一首《泊船瓜洲》,其中一句"春风又绿江南岸"的"绿"字非常著名。据南宋洪迈《容斋随笔》记载:"绿"字初稿用的是"到"字,接着陆续改成"过""入""满"等字,经过十余字的斟酌,最后才定稿为"绿"字。谈论诗词炼字的文章多以这个故事做例证。不过,钱锺书先生在《宋诗选注》中已经点到过,这个"绿"字其实并非王安石首创,在"东风已绿瀛洲草,紫殿红楼觉春好"和"东风何时至?已绿湖上山"等前人作品中,早已有过类似的用法。

对比这几句诗,我个人以为"瀛洲草"可以"绿","湖上山"可以"绿",但是"江南岸"却未必非"绿"不可。从王安石的备用字"到""过""入""满"……来推测,泊船瓜州的时令并非早春,而是盛春,是一个五彩缤纷的世界。用这个"绿"字概括千里莺啼绿映红的江南之春,未免有些单调和单薄,而且也稍嫌失真,反而不如"到""过""入""满"等字更稳惬和平顺。当代诗人何永沂先生有两句诗"春风未满江南岸,冰雪争先送绿来",这才是早春时令的生动风景,而何先生这里用的是

"满"字,不也挺漂亮吗?

近日读到臧克家先生《一字之奇,千古瞩目——略谈"诗眼"》,发现臧老对王安石这个"绿"字早就"评价不高"。他说:"这'绿'字,在视觉上给人以色彩鲜明的感觉,在人心上,引起春意无涯的生趣;但我嫌它太显露,限制了春意丰富的内涵,扼杀了读者广阔美丽的想象……如果不用'绿'字而用'到'或'过',反觉含蓄有味些。"臧老认为不用"绿"字"更蕴藉一点",给人想象的余地"更宽广一点"。拜读老先生的条分缕析,我心里颇有"戚戚焉"的感觉,亲切又惊喜。

臧老强调"绿"字色彩"显露",限制了春意丰富的内涵。我以为"绿"字颜色单一,突出不了江南盛春的五彩缤纷。若以摄影的术语为喻,臧老是惋惜其饱和度太高,我则惋惜其饱和度太低。观察角度不同,而疑"绿"之心则是不约而同。

思路接着往下继续延伸,我心里对这个"绿"字还涌起两个疑问:

第一,人们虽以秦岭淮河划分南方北方,但也习惯于以长江来划分江南江北。江北冬季草木凋零,而江南则多有常绿植物。在北方的绿色会随着季节轮换,在南方的绿色则是常驻风景。记得一篇打造长江"最美岸线"的新闻报道,标题就是《春风常绿江南岸》。既然春风常绿江南岸,本是常态,又何来"又绿"之说呢?

第二,泊船瓜洲是在晚上。有的解说"但见青山隐隐,江水滔滔,春风绿野,皓月当空,触景生情"云云,是不符合生活常识的。试问皓月当空之际，怎么看到"春风绿野"的"绿"色呢？唐代诗人张祜在瓜州对岸遥望江北，写下名句"潮落夜江斜月里，两三星火是瓜州"，这是符合夜晚情境的。王安石隔着滔滔江水遥望江南，即使是在"皓月当空"之夜，比张祜的"斜月夜江"可能更明亮一点，但是月光底下也不可能分辨出江南岸的绿颜色吧？

"春风又绿江南岸"在《临川先生文集》中还有另一个版本，是"春风自绿江南岸"。这个"自"字类似杜甫"西蜀樱桃也自红"的用法，可以解释为"应，应该"。以这种推测语气来表示想象，倒是与月夜中的情境不悖，但"绿"字仍然不如"到""过""满""入"等字更平稳顺畅。这几个常用字看起来虽然平凡，而任选一个用在此处却都非常恰切。诗词写作非徒区区浮华之言、秀句之业，有时候刻意"避熟避俗"，反而空负弄巧和炫技之累。

关于一首词的疑问

2014年5月14日与著名诗人、文艺理论家郑伯农老师通电话时,郑老师提醒我注意一下近日网上流传的一首毛泽东尘封至今83年的诗词《蝶恋花·向板仓》。

确实,网上一搜,到处都是,百度网还为此专门设立了一个词条。这首词是这样写的:

蝶恋花·向板仓
　　霞光褪去何凄楚,万箭穿心不似这般苦。奈何吾身百莫赎,待到九泉愧谢汝。　无感霜风侵蚀骨,此生煎熬难与外人吐。恸声悲歌催战鼓,更起刀枪向敌仇。

毛泽东　一九三〇年寒冬

网上资料说这首词刊载于当年4月出版的《党史文苑》杂志(中共江西省委党史研究室、江西省中共党史学会主办的全国第一家党史半月刊)。原题目为《毛泽东词〈蝶恋花·向板仓〉手稿揭秘》。原编者按介绍说:"这是一首毛泽东生前填写的《蝶恋花》词,毛泽东用毛笔行草书写在10行(竖行)信笺纸上,纸张陈旧,尺寸约为285mm×198mm。这首词尘封至今已83年。整首词凄婉悲愤,读之极易使人潸然泪下,同时又易使人同仇敌忾。这首词是毛泽东何时何地为何人或何事所填?这是专家学者首先应该搞清楚的,其次才是评价其文学价值及其他。"

但是,我读罢此文,心中却颇有疑问。我想,比探讨该词何时何地为何人何事所填更重要的,是说明这首词的发现过程,并鉴明真伪。

经过仔细品读辨析,我认为这首词出自毛泽东之手的可信度值得研究。疑问有以下几点:

第一,这首词调寄《蝶恋花》,却不符合《蝶恋花》的格律。是作者根本不通格律吗?答案是否定的。我们来看毛泽东写于1930年7月的《蝶恋花·从汀州向长沙》:

> 六月天兵征腐恶,万丈长缨要把鲲鹏缚。赣水那边红一角,偏师借重黄公略。 百万工农齐踊跃,席卷江西直捣湘和鄂。国际悲歌歌一曲,狂飙为我从天落。

这首词格律通顺。那么怎么可能在同一年寒冬写《向板仓》的时候,却突然不按照《蝶恋花》的词谱规律来填词了呢?

我们再来看一看毛泽东的另一首更著名的《蝶恋花·答李淑一》:

> 我失骄杨君失柳，杨柳轻扬直上重霄九。问讯吴刚何所有，吴刚捧出桂花酒。　寂寞嫦娥舒广袖，万里长空且为忠魂舞。忽报人间曾伏虎，泪飞顿作倾盆雨。

这首词虽然作者因为词意的原因而分用两个韵部，但平仄格律还是基本按照词谱来填的。其中"我失骄杨君失柳"和"六月天兵征腐恶"的平仄均依冯延巳"六曲阑干偎碧树"体，即"中仄中平平仄仄"。而《向板仓》第一句"霞光褪去何凄楚"的平仄格式则是"平平仄仄平平仄"。这和作者两首公认的《蝶恋花》词的平仄是迥然而异的。

第二，这首《向板仓》的文辞平淡，缺少文采，语意牵强，语气不符合毛泽东口吻。"无感霜风侵蚀骨""此生煎熬难与外人吐"之类句子生硬诘屈，没有毛词特有的流畅神采，"恸声悲歌"重复，"起刀枪向敌仇"的句子也不符合毛泽东的彼时彼地的身份。尤其是"奈何吾身百莫赎，待到九泉愧谢汝"这两句，更不一定出自毛泽东的手笔。尽管毛泽东引用《诗经》的句子，用"百身莫赎"谈到过开慧之死，但即使在词中引用这样的语意，也会写成"奈何其身百莫赎"，我估计不会写成"吾身"百莫赎。

第三，题目和当时的历史环境不相符。1930年11月14日，杨开慧在长沙浏阳门外识字岭英勇就义。毛泽东即使悼念杨开慧，为什么不写成识字岭，却写成他们居住过的板仓呢？

第四，落款的1930年"寒冬"不符合毛泽东诗词的年代落款习惯。毛似没有在诗词末尾用季节落款的例证。某些人所论"冬"即12月的说法，我认为很勉强。

第五，也是最重要的疑问，至今未见有人公布这首词的手稿以及详尽地讲述这首词的发现过程。而我认为这些，才是认证这首词是否出自毛泽东之手的关键。

我的这些疑问，曾发表在个人的新浪博客上。中央文献研究室主管的中国毛泽东诗词研究会在2014年出版的会刊《毛泽东诗词研究》上刊发我的这篇文章，这也从侧面表明我的这些观点得到了毛诗研究界的重视和肯定。

风烟、烽烟小析

由公木先生作词、刘炽先生作曲的电影《英雄儿女》主题歌《英雄赞歌》,由新中国几代歌唱家深情演绎过,虽年代不同,表演各异,但人们对英雄的敬仰则是同样炽热和真挚的。

由于年代久远,我发现这首歌的第一句在传唱过程中出现了明显的差别。有的平台字幕标作"风烟滚滚唱英雄",比如央视2019年国庆期间播放的《奋斗吧 中华儿女》文艺晚会;也有的平台字幕标作"烽烟滚滚唱英雄",比如一些地方卫视台的综艺节目。

"风烟"的本义指风和烟,南北朝时期阴铿的"风烟望似接,川路恨成遥",唐代上官仪的"密树风烟积,回塘荷芰新",用的都是这个语义。"风烟"也可以理解成景象、风光,唐代刘长卿的"岭猿同旦暮,江柳共风烟",用的就是这个语义。"风烟"还可以理解为"风卷烟尘",用来比喻战火和战乱,比较著名的是《渔家傲·反第一次大"围剿"》词中的"二十万军重入赣,风烟滚滚来天半"。

"烽烟"的本义则是指烽火台报警的烟雾。"烽烟"除了战争预警的语义,也可以直接借来表示战争,比如唐代骆宾王的"灶火通军壁,烽烟上戍楼",用的就是这个语义。

那么,《英雄赞歌》的第一句,到底应该是"风烟滚滚唱英雄",还是"烽烟滚滚唱英雄"?考虑到特定地点和特定氛围,我认为还是选用"风烟"更恰当些。理由有三:

第一,"风烟"作为歌词中的抒情意象来说更加宏阔和形象,"烽烟"的意象则指定性较强,用在这里比较单薄。

第二,"烽烟"是边境线的特有事物,用到异域作战的情境中,不合乎现场语境;而"风烟"的涵盖面更宽,也更具有普遍性。

第三,从搭配影片画面的角度来说,"风烟"在补拍一些配歌画面和战争场面时可以实现更多的创意,而"烽烟"则比较概念化,不大好用电影画面的形式来展现。

查阅《公木文集》,我注意到其中收录的《英雄赞歌》第一句是"风烟滚滚唱英雄",而不是"烽烟滚滚唱英雄"。查阅老电影《英雄儿女》的字幕,其中标注的也是"风烟",而不是"烽烟"。

一首歌曲在群众传唱中发生一些不改动原意的变化,是正常的音乐传播现象。比如《英雄赞歌》最初叫《英雄的赞歌》,1965年第二期《电影歌曲选》发表这首歌曲,用的就是《英雄的赞歌》这个名字。但是在人们传唱过程中,慢慢地就把题目中间的"的"字给去掉了。这种群众自发的修改,使这首歌曲的题目更加响亮和凝练,而且现在也被大家普遍习惯和接受了。但是

"风烟"却不宜按照人们的误读任意演变成"烽烟",这两个词语是有语义差别的,如果贸然修改了,也就削弱了对某些特定环境氛围的表现力。

2020年是抗美援朝出国作战70周年,歌唱志愿军英雄的《英雄赞歌》时时回响在耳畔。静夜听歌,心潮漫卷,感慨纷沓。谨撰小文略析"风烟"和"烽烟",避免人们再以讹传讹。

第二辑 烛燎篇

好编辑是媒体的脸

20世纪八九十年代主持《飞天》杂志"大学生诗苑"的老编辑张书绅老师,于2017年8月默默地走了,平静而从容。他生前立遗嘱不开追悼会,不惊动别人,丧事办得低调而简单。可是当他逝世的噩耗传出来之后,诗坛上的哀思和追忆浪潮却经久不息,许多当年的大学生诗人,都在不约而同地以各种方式怀念他。

张老师逝世的消息,是黑龙江的诗人姜红伟先生告诉我的。我怀念张老师,他是一个好编辑。媒体无论大小,毕竟都是由人来办的。编辑的工作作风,代表了媒体的社会形象。一个好编辑或曰一群好编辑,是一家媒体的脸面。比如张书绅老师,尽管他一直低调、恬淡,甚至默默无闻,离开工作岗位后又隐居在西北兰州,可是许多读者和作者,还是把他的名字与《飞天》"大学生诗苑"永远联系在一起。

张老师的良好"编风",我深有体会。我是1988年开始在他主持的《飞天》"大学生诗苑"发表作品的,当时署名是"高新昌"。隔着近三十年的岁月风烟回望,那段美丽、忧伤的难忘青春，还在西北，在兰州，在东岗西路，在那本迷人的杂志上，闪烁着鲜明而温暖的光芒。

"《飞天》有位张书绅，育草浇花恁认真……"这是我在1989年写给张老师的一组七律的开头。想到"大学生诗苑"，首先就想到既遥远又亲近，既陌生又熟悉的张老师。他的眼睛不好，却还是坚持每稿必复。要知道那是20世纪的80年代啊！没有电脑和互联网，纯用手写回复全国各地雪片一样飞来的投稿，这样的工作负荷，对他这样视力不好的人来说，仅仅用责任心来形容还是稍显太理性太冷静了，这其实是一种燃烧的生命热情，是一种圣洁的奉献襟怀，是深深的挚爱和浓浓的情分。

我因为工作几经变动，住所也几次迁移，很多资料包括张老师当年的回信都找不到了，现在不能马上回忆起他在信中指导我的更多、更详细的细节，但我很难忘每每收到他回信时的兴奋和欢喜。我不停地给他写信，也不断收到他的鼓励和指点。我向他倾诉，向他抱怨，像是面对远方的一位亲人一样。

一个好编辑首先是一个好人。一个好人有一颗燃烧的心。他在平凡的岗位上传递温暖，传递梦想，传递光芒，显示出越来越璀璨的生命华彩。

记得张老师除了负责"大学生诗苑"的编辑，还负责"诗词之页"这个栏目。我因为张老师的缘故，除了对"大学生诗苑"喜爱，也很喜欢"诗词之页"。这也影响了我至今与某些同龄诗友迥然不同的创作兴趣和欣赏习惯——写新诗，也写旧体诗。20世纪八九十年代，诗坛上还有一部分人对旧体诗词的创作不甚了解。当年在《诗刊》杂志组织的研讨会上宣读过一位著名老诗人从病床上写来的信，中心话题就是反对当代人进行旧体诗的创作，可见偏见是如何之深。而在距离兰州千里之外的河北大学，感受着张老师的欣赏和鼓励，我的心里是何其温暖啊。

张老师当时在《飞天》发表我的旧体诗，对我来说确实是一种知音般的感觉，更是给我打开了另一个诗歌世界的艺术之窗。他对我的旧体诗写作耐心辅导，甚至细心到指点我投稿的小技巧。记得他在某封回信中告诉我："旧体诗有人用现代诗韵，也有人用平水韵。如果给别的报刊投稿时投寄的是用现代诗韵的作品，一定在题目旁边注明'现代诗韵'，这样就可以避免编辑审稿时误以为出韵。"

我在《中国文化报》和《中华诗词》从事编辑工作多年，张老师是我心目中的好编辑的一个标杆。他的认真负责、他的热情善良、他的才学识力，都给我留下了很美好的记忆，为我画出了人格的底线。因了张老师等等《飞天》编辑们的薪火相传，《飞天》的"大学生诗苑"办得虎虎生风、生气蓬勃。这里不是高帽横飞、党同伐异的小圈子，而是开满各种鲜花的春天的原野；这里不是一条喧哗、嘈杂的小溪流，而是各种声音、激情碰撞的浩瀚波涛。即使一个编辑的名气再大，个人创作再红火，也没有权把所有的作者和读者都"编辑"成一种腔调、一副面目、一套招数。现在某些诗歌报刊之所以内部花红柳绿、哥们义气，外部却门庭冷落读者稀少，其中一个重要的原因，就是缺少"大学生诗苑"这种和而不同、各美其美、包容兼容的良好编风。

1989年的第一期《飞天》"大学生诗苑"用我的诗歌《现在回答北岛》打头。我在那首诗中说:"告诉你吧,北岛,我要相信……"之所以当年那样一个孤僻、固执、寂寞的我,还愿意呼喊"相信"二字,正是因为像张老师这样的好人、这样的好编辑,让我深切地体味到了人性中的美好和真诚。

一个成功的媒体,需要有好编辑来支持。一个好编辑,首先需要做一个好人。一个好人,需要有一颗燃烧的心。当那颗心停止了跳动,那个人无声无息地走了,但是他留下的火焰永在!

读这个人
——邵燕祥先生周年祭

2021年7月末,我去为《诗刊》的老副主编杨金亭先生祝贺九十岁生日,杨先生说起《诗刊》另一位老副主编邵燕祥先生,称赞他的旧体诗写得真好。邵燕祥先生于2020年8月1日在睡梦中飘然离世。屈指算来,蓦然惊觉,邵先生辞世至今,已经一周年了。流光匆匆,诗心长炽。忆起先生睿智的目光和激情的笑脸,仿佛还在眼前似的。

记得老作家李纳家的客厅里挂着一首邵燕祥先生的诗,题目是《敬贺李纳先生期颐之寿》:"百岁春秋转瞬间,是非滚滚送流年。红尘难掩禅心悟,把戏重重带笑看。"当时读了两遍,我就能背了下来。最后一句通透沉郁的"把戏重重带笑看"给我印象最深。幽默深邃而又坦荡淡泊,寄寓了多少坎坷流光中的风霜和雨雪。

李纳老人比邵先生早逝世一年。她百岁之后,家里的客厅墙上只悬挂着两幅书法,一幅是她老伴朱丹先生的遗墨,另一幅就是邵先生的这首诗。可以想见经历过一径悲欣的老太太,内心深处对邵先生这首诗是何等的喜爱与看重。

曾有人对邵先生说,他的杂文比新诗好,他的旧体诗又比杂文好。邵先生自己不认可这种说法。他说:"在我的写作生涯里,首先是自由诗,写了大半辈子,虽有很多败笔,其中毕竟有我的梦,我的哀乐,我心中的火和灰;其次是杂文,是我的思索,我的发言,数量大,十里选一,也还不无可取;最后,才是我原先只是写给自己,或顶多是二三友人传看的格律诗——我叫它'打油诗'。"但或许正因为只是准备写给自己看的缘故,这些旧体诗的字里行间有着先生的遭际和忧思、志趣和情趣,反而保存了更多本真的胸中块垒和心灵秘密。我读他的这些旧体诗,产生的共鸣和震撼,反而更多一些。

邵先生曾送我一本《邵燕祥诗抄·打油诗》。书中收入自1958年到2001年间创作的旧体诗歌数百首,其中绝大部分为首次发表。置诸案前,仿佛在和一个前辈诗人进行心灵对话。我把这本诗看成一份热忱的关切和珍贵的纪念,带给我精神和心灵的震撼,也带给我血与泪的文字所特有的冷峻和温馨。读着这些曾经不拟公开发表的隐秘的平仄歌吟,同时也是在读他的人和他经历的时代风云,是在读一个丰富新鲜而炽热真挚的精神花园。

邵先生随手写在香烟纸、便笺纸和笔记本上的这些旧体诗严守传统诗词格制,同时"用词遣句"又大胆向现代口语靠近,展现出崭新的思想分量和时代活力。比如他写张家界宝峰湖时说:"山于绝处活芳草,水到穷时横小舟。爱此风光高档次,唐情宋思暂勾留。"其中洋溢着古典的空灵风雅和恬淡韵致,而第三句则用了"高档次"这样一个鲜明的现代词汇,今古杂糅,水乳交融,相映生辉,别有一番浑然生趣。再比如他写故乡的《再回萧山有感》:"莼鲈故事感千秋,生小京门旧巷稠。何问岐山封召邑,况从汴水下杭州。不劳典史查三代,已自尘嚣集百忧。一井独存庐墓灭,于无家处有乡愁。"全诗典故林立,古意盎然,但最后一句却用口语化的散淡词句来画下句号,而且直接活用现代诗人鲁迅的"于无声处听惊雷"和沈祖棻的"有斜阳处有春愁",精警、深沉,勾画出一串意味深长的想象和嗟叹。用笔畅快淋漓,而又惜字如金,准确生鲜。另外,他笔下很多漫不经心的好句子常常不胫而走,独标风骨,挺秀诗林。比如"蛾眉亦有横眉日,一女独违众女心""我亦曾经沧海客,文章非贱骨非轻""不必牺牲皆壮烈,从来冠冕总堂皇""掌声拍报平安夜,大会开得很好嘛"……如此这般,可以随手列出很多很多。

说到旧体诗,我和邵燕祥先生还结下过一次极其特殊的情缘。2008年秋天,我忽然收到邵先生寄来的一封信。信是写在一张六十四开的便签上的,先生的字迹一笔一画,密密排列,告诉我2008年《当代诗词》第二期刊登了他的九首诗,但最后两首并不是他本人的作品,而是误收的我的两首习作。邵先生的清品高标,包括他的为诗为人,我一直都很钦敬。但是没想到的是,居然还有这样特殊的机缘,用这种特殊方式冒充了一回邵先生。

这两首被《当代诗词》误收的诗,是我步邵燕祥先生《惊蛰初雪》原韵写的和诗。邵先生大作如下:

惊蛰初雪

彤云何事撒坑灰,惊蛰才迎夜雪飞。
蝇子蚊虫纷出世,儒林宦海各生辉。
狗粉黑白归笼统,天合昏沉遮翠微。
隔岁蝼蛄声在耳,守株敢望麦苗肥。

我读邵燕祥先生《惊蛰初雪》,对"儒林宦海各生辉"句颇为喜爱,因以《儒林》《宦海》各为题,成诗二律,仍步原韵。我的和诗习作如下:

其一: 儒林

儒林外史似轻灰,唾沫星儿满处飞。
倒海排山争座位,插花抹粉放光辉。
腰姿扭捏须周致,眼色捉摸入细微。
风骨扫除呈腻粉,殷勤摇尾为分肥。

其二: 宦海

良心早已化成灰,多少乌纱往上飞。
得势纹绳浑不吝,联姻猫鼠各生辉。

> 忍看小鬼成新贵，徒唤大人下翠微。
> 隔代太息声在耳，甚人瘦了甚人肥？

这两首习作后来作为附录收进了《邵燕祥诗抄·打油诗》一书。可能是这个原因吧，被选稿的编辑同志错当作邵先生本人的作品了。邵先生在寄给我的信中说，已在第一时间通知了《当代诗词》的编辑同志，以避免"抄袭"之讥。我知道老人当时刚做过心脏搭桥手术，正在家中静养。一些编辑的约稿，他也都婉言谢绝了。如今邵先生却专门为这点小事郑重地写信给我——体味着邵燕祥先生这份存真求实之心，也体味着这份关心爱护之情，我自然很感动。因为我自己也在从事编辑和创作，也犯过一些技术性的文字差错，所以对《当代诗词》的编辑同仁是很能够理解的。这两首习作之所以被编辑错认成邵先生作品，说明先生和我的心灵在冥冥之间，确实是有相通和相近的那么"一点"的。

有时我发表了某篇诗词习作，先生会在电邮中为我指出某个词汇或典故的正误区别。倘若发现我的诗文中有了什么差错，邵先生也会很直率地为我指出来。记得我写的《公木传》出版之后，先生就专门来信告诉我，当年错划的右派平反时，并没有补发工资的说法，指出我在书中写到的补发右派工资的事情是不准确的……我曾去过邵先生在北京华威北里的家中，也在几次会议场合，趋前向先生问过好。但总起来说，邵燕祥先生和我的直接接触并不是太多。然则仅有的几次相见，却从没有让我产生过一丁点儿生疏的感觉。每次见到他，总是觉得很亲。他的关心、关注，仿佛春风一样淡淡地环绕在我身边。噫嘘唏，先生之风，山高水长。小子何福，有幸如斯。

最后我想节选几句邵先生的诗来作本文结尾。读先生的诗，同时也是读先生这个人："以文为诗诗为柬，草成欲寄水天阔……重为赤子学咿呀，心与人民同脉搏。"可能有人觉得"心与人民同脉搏"这样的诗句略微直白了些。但是对一个赤子诗人来说，天下苍生的疾苦悲欣，却正是融化在血液里的永远地鲜红和炽热啊……

荷珠乱滚：诗坛重现唐大郎

昨天去到宁波同，乡会里厢看粪翁。
个展恒如群展盛，风姿渐逊笔姿雄。
眼前谈法应无我，海内名家定数公。
但愿者回生意好，赚它一票过三冬。

这是著名报人唐大郎先生写给艺坛大家邓散木先生（自号粪翁）的一首诗。读到前两句，你会不会觉得很迷茫？既是大白话，似乎又有点看不懂。其实，这两句本是一句："昨天去到宁波同乡会里厢看粪翁"，故意"砍拆"成二句平仄相谐的七言，造成奇诡诙谐而滑稽突梯的陌生效果，同时也把二人情趣相投、无所避忌的亲切交谊巧妙表达了出来。这种调调，可说是典型的"唐"诗面目。

恰逢2018年是唐大郎一百一十周年诞辰，我陆续读到一些谈论他的人和诗的文章。他的"唐"诗多以近体诗加小注的形式呈现。信口打油，不衫不履，荷珠乱滚，枫露争鲜，热忱流荡，情志澄澈，生趣盎然，笔墨泼辣，呈真风流、真性情、真品格。

对这位报界前人的遗作,我很喜欢。

唐大郎原名唐云旌,笔名多种,以"大郎"流传最广。他先后在报纸开设"高唐散记""唐诗三百首""定依阁随笔""唱江南"等专栏,颇有影响。他的作品,我认为有以下几大特色。

一、身边叙事

身边,就是自己亲历的生活实景;叙事,就是把时间、地点、人物、起因、经过、结果记载下来。唐大郎用诗歌观察周围世界,无论市井琐肩、亲友来往,还是读书看戏、吃喝玩乐,他都能纵笔书成,有声有色。请看《谢梯维》:"写就身边事一堆,自家看看意须灰。书来读者封封骂,头碰梯公日日催。人自心雄惟力拙,诗难气荡更肠回。只教收拾狂奴态,遂使尊眉豁不开。"真实叙写现实苦恼,感念友人的关怀爱护,全诗不渲染,不矫情,不夸饰,不计工拙,以真示人。张爱玲说:"读到的唐先生的诗文,如同元宵节,将花灯影里一瞥即逝的许多乱世人评头论足。于世故中能够有那样的天真;过眼繁华,却有那样深厚的意境……"这种身边叙事时有市井习气,略染风尘,但难得的是虽处特殊场域,唐大郎却仍然能够保留一份洁身自好的追求,没有沾染贩卖黑恶、传播谣言、拍马舔痔,或黑或黄的陋俗小报病。唐大郎在写给明星桑弧的诗中,说:"形容或有如其美,骨干何尝拟此清?"这里的"清"字,可以推测是表达了作者本人关于风骨、格调的美学理想。

二、水晶肚皮

其内心世界如水晶透明澄澈。他把生活中的所思所想，都直接坦露在诗句中，毫无城府，磊落坦荡。对生活体验的坦诚描述，颇有美国自内派女诗人的风色。他对灯红酒绿的沉沦，对传统伦理的超越，对私隐的宣泄，对未来的焦虑，都一股脑倾泻到诗行之间，请看他在看了评剧皇后白玉霜的《新杀子报》之后写的绝句："天津桥上丽人行，一笑来时四座倾。翰玉温情输粉腻，天留一派是春情。""敞开着肉粉红杉，气涌丹田鼻窍关。媚可杀人淫杀我，归来脚软要人搀。"诗中既形象地揭示了剧情，赞赏了白玉霜的才艺，也把个人的观剧感受毫无隐晦地抒写出来，正如柯灵所言："好处是通体透明，没有一点渣滓。高贵也罢，鄙陋也罢，他从不文饰自己，这才是真正的'水晶肚皮'。"唐大郎写得多，写得快，但是洋场才子的倾情挥洒，有时候也失于絮絮叨叨和油腔滑调。他笔下的生活断片也偶尔失之于粗糙和琐碎。

三、谨守古矩

其作格律谐和、对仗工稳，传统文脉没有在他的手下断折，反而成了帮助诗句传播的翅膀。他喜以俚语俗字入句，却也于滑稽突梯间不离其本，平平仄仄中荡漾着古典芳醇。请看《寄儿》："飞书报汝入山村，日荷耰锄望郭门。七岁早伤亲母丧，八年深受国家恩。几经磨砺多坚锐，长以英雄许子孙。一直往前休反顾，阿爷牛步欲随奔。"打油之轻俏中，又自有一份整肃庄重的质感，耐人咀嚼。人情练达，世事洞明，却又保持着一种老辣的矜持和郑重。

四、口语魅力

唐大郎勇叛陈言，巧妙改换了酸腐的旧腔调，直接以纯口语的方式，天真烂漫地出现在读者面前。素白的口语，绚烂的底蕴，直观的鲜活气韵，很有亲和力。请看《衡山路闻蛙噪声》："青梅初映红莓新，别去销魂一段春。河下入时虾饱子，江头得雨鲤肥鳞。最难吾辈仍奇志，若数交情近更亲。携手衡山路上过，蛙声依旧闹行人。"作者机智地以粗糙的言说表达出了精致的效果，以素朴的姿态营造出了唯美的意境。他把诗的大门敞得很开，把清鲜的生活气息和鲜明的现代性直接引入，干净真淳，沉着从容，于节制表达中获得纯粹愉快的效果。

五、时语入诗

诗词界关于时语入诗有些争论。时语为什么不能入诗呢？关键是如何用得自然谐和。唐大郎的作品在时语入诗方面就进行了不少探索。比如他写给画家张乐平的"我自闲居为老子，君于电视作明星"，直接把电视、明星引入诗中；他把"探戈"两字拆开，写出了"老夫欲犯当年瘾，真想投池探一戈"的诗句，都挺有味道，还比如"初烹蜜粽因油枞，新焙蛋糕见尺方？海外徒称'朱古力'，漫将远礼赠刘郎"。直接把蛋糕、朱古力引入诗中，也很活泼明丽，很有温度感。当然，他的探索也有生硬的地方。

比如"谁意加笞偏得病,偶逢绝色易成迷。一朝撒手归乌有,安用眼红奥纳西"。这里的奥纳西,指希腊船王奥纳西斯,为迁就七言诗的字数限制,干脆省略了船王译名的最后一个字,这就有点硬性切割的感觉,读来不大顺畅。

六、小注添彩

附带自注,是"唐"诗一大特色。比如《忆徐云志》:"琵琶弦拨动梁尘,篇子方终一座春,虽说本工唐伯虎,自成绝调寇宫人……"这诗是写给评弹徐调创始人徐云志先生的,随后又在自注中以散文笔法追叙和徐云志相识的漫长经过,并通过生动的细节,使诗意更加丰富和鲜明,也更完整了。近体诗歌用来叙写身边故事有一定限制,而小注则弥补了诗歌篇幅自身的不足,同时也使诗歌所表达的细节更为丰富而准确。他的自注与诗的内容互相映衬,形成水乳交融的艺术整体,俏皮活泼,都很可爱。唐大郎比较偏重于趣味和滑稽,所以在表达上有时过于直白急切,在思想性方面或许有着某种先天不足。当然,我们不能用今天的眼光来苛求过去的年代。他的絮絮叨叨,在形式上折冲了"新"和"旧",阅读效果上满足了读者的快餐需求。他所处的洋场文化环境是独特的,对上海消闲生活的书写方式也是有开创意义的。他对都市情感空间的精心经营,对时尚文化的细腻叙述,对里巷甜酸苦辣的率性挥洒,对城市阴暗和糜烂生活的理性观察,让我们看到了一个旧派诗人的新式活法,看到了旧体诗在新世相中的焕然生机。他所不经意间建构起来的"唐"诗小筑,在霓彩飞扬的时代背景下，贡献出一种现代旧体诗的崭新范式，以其充分的理由和充沛的实绩，彰显出20世纪旧体诗的一份现代意义。20世纪的诗词，是一个亟待重新认识和开发的宝库。唐大郎的"唐"诗，就在这宝库中闪耀着自己的一份素净而又莹灿的光辉。从某种角度来看，他的生活流的创作风格，也可看作同为报人出身的聂绀弩等人一脉生活叙事之先声。

　　于乡村撷诗易，于城市撷诗难。唐大郎以不拘一格的文字在城市撷诗并卓有成效，我为他点赞。

万里长空　一轮明月
——《聂绀弩诗词选注》前言

百年新诗的繁华，背景是旧体诗词的暗淡和萧瑟。

聂绀弩先生就像一轮明月冉冉升起，皎洁、沉静，光辉四射。

他为当代旧体诗词从复苏走向复兴，从复兴走向振兴的历史进程，做出了标志性的美学贡献。他的诗词不是沉醉的酒，不是甘甜的蜜，而是苦口的药、灼心的火、震耳的雷……

旧体诗词在我国具有悠久的美学传统、独特的艺术魅力和深厚的承传基础，是表现和传承中华美学精神的传统载体和文化血脉。聂绀弩诗词不仅摆脱了古典诗词理论的惯性束缚，也不以当代新诗的喧哗、骚动作为假想敌，而是以新文化运动的激情开拓作为艺术基点，赋予了当代诗词更有棱角，也更鲜活的文化内涵，从而获得了自觉意义上的表达方式和美学范式。他的创作弱化了新旧诗体之间的对立思维，通过对古典诗词，尤其是少陵七律和诚斋七绝的诗性规律、美感探索的完整深入的探讨，通过对民族诗歌体裁的固定特质的灵活把握和勇敢突破，通过对新诗优长的有机借鉴和自然消化,体现出了与现代精神和先锋理念相协和的一种共通品质,找到了更切合时代语境的独特思想立足和审美坐标,以其纯文本的存在意义回应了几乎所有对于当代诗词的重大理论关切和阅读期待,并回击了一切对于当代诗词成就的草率漠视和轻佻否定。

中国古典诗词有着某种类同化的传统拘谨。时代性的疏离和情感型的因袭,是当代诗词创作的先天缺陷。在1949年以来中国波澜壮阔的历史变局之中,聂绀弩先生坚守了诗词所固有的传统特色和形式美感,并成功化解了旧体诗词自身的体量局限、存在焦虑和理论困惑,弥合了旧体诗词与当代读者之间的情感沟壑,矫正了长期以来诗歌界以新诗为主体的偏执立场和话语霸权,实现了诗体意义上的成功的现代转型,并直接证明了格律诗词在现代文明环境中的当代价值和复苏理由。聂绀弩在诗词中讲述的是自我的心灵史,展现的是生动真实的中国故事,放射出的是在恶劣坎坷的生存环境中极其难得的绚烂的人性光辉。正是因为有了对于当代题材和现实生活的深入开掘,聂绀弩诗词的艺术建构才有了不同于古典诗词的崭新面貌,呈现出飒然铿锵的蓬勃生气。

聂绀弩的诗词不执不囿,不媚不随,是其独特人生的真实映射,同时也导引了当代诗词的美学趣味和欣赏习惯。他的创作色调简洁,情感单纯,接地气,说真话,从形而上到形而下,从黑暗到光明,从健康到恫瘝,悲欣交集,雅俗共赏,把技术层面的平仄格律升华到了美学层面的体裁范本。既有厄运挤压下的坚韧，又有审美流变中的坚持。既没有因为政治理念而扭曲自己的艺术个性，也没有因为坚持个性表达而无视时代环境的历史进程。聂绀弩的诗词吸收了新文化运动以来的思想活力和文化勇气，对西方哲学因子也并不排斥，同时对唐诗尤其是宋诗的思辨说理进行了有力的美学延伸。不仅聂先生自己修订过的作品充满阅读魅力，即使是在他逝世后重新发现的一些未及修订的逸诗，也都能在随意挥洒中确保艺术品质，于天真烂漫中葆有了最大的艺术成活率。

据资料介绍，这些诗词作品好多都是事后补作的，并非当时情景的现场照相（比如《搓草绳》《除草》《伐木赠李锦波》《球鞋》《过刈后向日葵地》等等），但是却都对生活和时代有着与众不同的原发性的敏锐发现，都伴随着强烈、亲切、温柔、热烈、饱满的个性情感而出现，都带着对社会环境和生存困境的坚韧体验和细腻观察。这使得他的作品具有了一般命题作文所绝对没有的鲜活基因和创造激情。他的作品按照传统诗词格律的要求来创作，但也有一些不计韵部、不拘平仄，尤其是对孤平、三平、三仄等等要求从权处置的例证。这其中有的可能是有意突破，有的可能是未及推敲，有的也可能就是疏忽所致，但这都不影响其诗词的思想含量和诗性品位。强调格律的传承意义和基本要求当然都是必要的，但旧体诗词的格律并不就是诗词的核心价值和必要标尺。如果带着宗教情绪来固执地强调格律准则，像《推磨》描写的那样"连朝齐步三千里，不在雷池更外头"，那就只能是永远沿着一个模式化道路徒劳地转磨磨、兜圈圈而已。值得称道的是，聂绀弩先生成功激活了古典诗歌美学传统，让传统诗词思想和美学精神获得了当代生命，同时又积累了大量鲜活的当代创作经验，既传承了古典美，更表达了现代情。既进行了创造性的转化，又进行了创新性的开拓。通过丰富生动的创作实践，他把当代诗词的鉴赏标杆推向了一个崭新的发展高度。

聂绀弩的诗词不是四平八稳的技术控，而是情到深处的自然勃发。他的诗词好在哪里？我认为首先好在有味道，而且五味俱全：一是人味，二是世味，三是品味，四是趣味，五是意味。百感交集，千绪万端。诸味杂陈，耐人寻味。

所谓人味，就是聂绀弩先生评论鲁迅时说的"有字皆从人着想"，是人特有的尊严、特有的感情、特有的自由灵魂。胡风先生说过，文字如果不带着自己的体温，哪怕沾着疮臭，就没有脸放他们到这个战斗着的世界上去。聂绀弩先生的诗词或寒凉，或温暖，或炽烈，却都是带着体温的鲜活亲切文字。他的声音不俗，不酸，不隔，不假，与他的生活有着紧密的直接的血肉关联。他的喜怒哀乐不是神性地高高在上，而是低处的朴素自白和朴实歌吟。一生坎坷，几度炼狱，难免有些愤世嫉俗的绝望和詈恨，但他心中深重的悲苦又常常在文字中轻松地转化为幽默、促狭、世故、平和的莞尔一粲。读聂绀弩先生的诗词，常常想起《礼记》中的一段话："地气上齐，天气下降，阴阳相摩，天地相荡，鼓之以雷霆，奋之以风雨，动之以四时，暖之以日月，而百化兴焉。如此则乐者天地之和也。"那些戕害精神的教条，那些扭曲心灵的岁月，包括那些被人告密检举的恶心情节，还有那些苦痛的情感、艰辛的劳作、寂寞的囚室生涯，都无法牵坠那颗畅游天地的灵魂和那轻盈劲健的奋飞之翼。

所谓世味，就是对现实社会的真实映射。世风所致，"文章信口雌黄易，思想椎心坦白难"——这种痛彻肺腑的灵魂裂变，难道不是价值病变和情感异化给社会人心带来的激荡和震撼吗？聂绀弩诗词中有对政治运动的忐忑不安，对人生世态的冷嘲热讽，但更多的则是苦恼人的笑和叹息者的歌。他对于细节的工笔画般的生动叙事，体现了他对生活的细腻观察、精心提炼和深刻体验。他的大愁怨、大悲苦，沉湎在大失落、大解脱、大欢喜的"苍苍者天沉沉水"的大梦幻里。聂绀弩先生是个外热内冷的诗人。他目光犀利，落笔勇武，就像一位手执手术刀的医生，无情而果决地揭破这世界上的痈疽和衰败。读他的诗词，某种意义上来说，也是在读一段真实得让人心惊肉跳的社会史。透过东方朔一样的调笑表相，通过文字背后的苦涩和辛辣，我们所感受到的时代况味可能会更完整生动。

所谓品味，就是一个高尚的人格。"虽在缧绁之中，非其罪也"，聂先生运交华盖，几度坎坷，但是干净、善良、宽容、坚韧的品性一直未改。能忍耻，能吃苦，能经住风浪，却从没有想过靠打小报告来解脱厄运，也没有企图用高唱媚歌来食嗟来之食。作为一个特殊历史情景下的诗人，聂先生的情操品格，就像一面镜子，能够照出许多人皮袍下的"小"来。他对德行的珍视，对小人物的同情，对蒙冤者的声援，对友谊的忠诚，对天下风云的敏感判断，都是令人肃然起敬的，也是很多同时代人所难以做到的。他有独立的精神、自由的思想、孤傲的性格，却没有一般才子常有的恃才傲物的坏毛病。"尊德行而道问学，致广大而尽精微，极高明而道中庸，温故而知新，敦厚以崇礼。是故居上不骄，为下不倍"，有君子之风，有正人之格。气有清浊厚薄，格有高低雅俗。格的高低，还是由心的清浊决定的。品味，有时候需要忍受冷漠和孤独，需要经历风雨和泥泞，更需要用坚硬的骨头和滚烫的心灵来追寻和捍卫。

所谓趣味，是指古人论诗时说的"生趣"。诗歌是语言的艺术，聂诗不避俗字俗句，很多新词、熟语，甚至外语字母都被他信手拈来，任意安排到诗句之中。他使用的是和同时代老百姓相同的语言系统，以活的语言材料来抒发当代人的内心情感，其对仗摇曳多姿，造语精灵古怪，沉郁中有潇洒，苦闷中有飘逸，清醒中又有微微的光彩和淡淡的温热。读聂诗如赏三峡风景，"绝巘多生怪柏，悬泉瀑布，飞漱其间，清荣峻茂，良多趣味"。其作多发牢骚，多焦虑，却多于诙谐戏谑之口出之，显示其乐观豁达的生活态度。他诗词中的趣味是一种天然的趣味，是一种真正的人生境界。他很少发出威武不屈、贫贱不移、富贵不淫的口号，却在充满怀疑精神的发现和创造中，营造出一份蓬勃宽广、阳刚明亮的盎然生趣。正所谓"饭疏食饮水，曲肱而枕之，乐亦在其中矣"。其中有会心畅意，更有淡定从容。

所谓意味，是指聂绀弩先生的诗词中深厚的思想底蕴和人生情味。他的风雅，建立在干净的审视和反省的基础之上。他对生活的体察，对时代的思索，对社会的认知，都不是被概念标签所左右之后的鹦鹉学舌，而是真正被触动之后的深刻感悟。其诗其词带有浓厚的中国传统文化，尤其是庄骚文化的色彩。尽管他在文字中多次调笑庄子，但他的诗歌形象还是最接近于庄子笔下的隐逸和狂放。政治风暴扼杀了一部分知识分子的本性，而在他们沉湎于物或自得于俗的时候，聂绀弩先生则在诗词中回归内心，继续坚持了诗人应有的风骨和脊梁。"怯问检尺小姑娘，我是何材几立方""放之四海诚皆窘，不下五洋焉得归"既是在对自我价值的悲凉拷问，也是在对一代人的命运遭际所做出的激情怀疑。在他的意味深长的诗词中，我们感受到欲哭无泪、欲笑无声的无边无沿的想象力和无穷无尽的生命力。

聂绀弩先生自信地说过："吾生俯拾皆传句，那有工夫学古人。"唐代诗人元稹在称颂杜甫时也说过类似的话："怜渠直道当时语，不著心源傍古人。"二者所言，极为相似。聂先生落拓不羁，口无遮拦，我行我素，独步诗坛。他的许多诗句虽然很平易，却都有着深刻的生命体验。像"男儿脸刻黄金印，一笑身轻白虎堂""万烛风前齐有泪，何人笔下敢无诗""君果何心偷泪去，我如不死寄诗来"都令我反复吟味，爱不释手。这些句子很漂亮，但这只是表面现象。聂先生站在千千万万"受难者"的立场上反映的真实深刻的人生，才是这些诗篇的重量和血性。对于当代旧体诗坛某种程度上、某些范围内所呈现出的凌空蹈虚的流行倾向，聂先生的努力是有着旗帜性的功绩的。

现在有一些旧体诗词作者的艺术修养达到了很高的境界，出现在他们笔下的句子也很精美，对仗工整，平仄和谐，但是，主题、意境、词语、句式却都给人以似曾相识的印象，总感觉其中少了点什么东西。少了什么东西呢？就是少了聂绀弩先生这样的作为当代人对人生、对社会的体验和观察，或者说是少了诗人自己的思想和情感。陆游的"功夫在诗外"，正是在纠正了他早年学诗"但欲工藻绘"的偏颇之后领悟出来的。没有自己的观察和体验，而仅仅满足于克隆古人的意境和辞句，仅仅满足于"工藻绘"的诗词，留给读者的印象当然也就是不痛不痒不咸不淡不尴不尬的了。

就当前而言，真正的生活并不总是荷尔德林所谓"诗意的栖居"的。人们劳作在辛勤的汗水里，生活是残酷而真实的。深入生活不是像香油"贴近"水面一样，抒发些士大夫式的不痛不痒的感叹。而是应该扎进生活的底层，真正认识百姓身上那种蓬勃的创造力和昂扬的精神状态，真正理解他们坚韧、顽强的生存信念和苦辣酸甜的内心世界。聂绀弩先生的"挡面雪花抡掌大，压肩袄被比山高"正是在"逮捕证上先签字，双手骈伸就铐牢"这一瞬间的情感爆发和心灵感受，同时又是长期生活积累和社会观察之后的艺术结晶。这种作品不是带着某种功利目的到景点中走马观花逛上一圈就能写出来的。"深入生活"有五个关键词。第一个是"热爱"，对生活、对百姓的深厚情感。第二个是"参与"，就是闻一多说过的那种"积极的生活欲"。第三个是"思考"，对社会现象的深入分析和反思。第四个是"开掘"，对生活素材的理性扬弃和提升。第五个是"回答"，对时代课题提出创造性的真实答案。这五个关键词的基础，正是对生活的热爱。聂绀弩先生嬉笑怒骂，但从没有改变这份对生活的执着和痴情。即使是在惊闻爱女海燕去世之后，仍然能够写出"愿君越老越年轻，道越崎岖越坦平""方今世面多风雨，何止一家损罐瓶"这样隐忍和深沉的诗句，没有一颗豁达超脱的赤子之心是做不出来的。

笔者在北京的居所离新源里很近。散步之时，常常想起聂绀弩先生曾经在这里居住过。想起先生，想起先生的坎坷人生，我曾经填了两首《生查子》寄托心中的怀念，同时附在本文文末，作为本文结尾吧。

生查子·新源里寻聂绀弩先生故居不遇

忆斯憔悴人，寂寞谁曾共。闻道散宜生，樗老终无用。
柳萦淡淡愁，菊绕酸酸梦。黄叶满街飞，犹似吁沉重。
铁窗寒似冰，却教奇才纵。冷箭破空来，却向吟心送。
那人假或真？那事轻耶重？一笑老华年，一问沧桑痛。

叶嘉莹先生用什么感动我们?

2021年2月17日,"感动中国2020年度人物颁奖盛典"在中央电视台一套综合频道播出,南开大学中华古典文化研究所所长、中华诗词学会名誉会长叶嘉莹先生荣获此殊荣。颁奖词中称赞她是"诗词的女儿""风雅的先生"。坐在荧屏前观看先生的获奖场景,我心潮起伏,确实非常感动,还写了一首五律向先生表示祝贺:

> 横天耿大星,溢彩曜荧屏。
> 灼灼拆红紫,涓涓汇碧青。
> 弦歌本同调,雨雪几曾经。
> 但看风荷举,素心擎素馨。

叶先生用什么感动我们?我想,至少有以下几点令人尊敬,启人深思。

首先是叶先生对中华优秀传统文化的传承之力。颁奖词中说"你发掘诗歌的秘密,人们感发于你的传奇"。也有媒体评论她

"用一生的时间,只做了一件事:将中国古诗词的美带给世人"。她不仅自己感发和陶醉于中华诗词之美,而且还致力于把自己从中体味到的美好和高洁无私地传播和"摆渡"给今天的世界。她自言"希望能把这扇门打开,把不懂诗的人接到里面来"。这是多么真挚的美好情怀。叶先生筚路蓝缕,不计得失,不惜心血,一路辛勤耕耘,弦歌不辍,坚持用执着的愚公毅力和工匠精神宣讲、传送中华诗词之美。如今虽然已是年近百岁的长者,仍然坚持工作在第一线的教学岗位上,做教坛上的辛勤劳动者。她是一位学者、诗人、教育家,也是一位令人尊敬的劳动者。

再者是叶先生对中华优秀传统文化的赤子之情。先生自述:"我平生经过离乱,个人的悲苦微不足道,但是中国宝贵的传统,这些诗文人格、品性,是在污秽当中的一点光明,希望把光明传下去,所以是要见天孙织锦成,我希望这个莲花是凋零了,花也零落了,但是有一粒莲子留下来。" 诗词经典的精神品格、文化魅力,正如重新开花的古莲子一样,在她身上焕发出晶莹璀璨的生命光彩。我注意到,在央视颁奖现场的视频连线中,叶先生吟诵了自己的诗句"书生报国成何计,难忘诗骚李杜魂", 先生汲取中华诗词的精神养分,对传统文化葆有一份纯净、坚贞的美丽情感。这份大爱和真情荡气回肠,确实感人至深。

第三是叶先生对中华优秀传统文化的境界之美。她倾注心血培养出了一代代中华优秀传统文化的教学、研究和创作人才,还无私地捐出自己的多年积蓄来支持对传统文化的传承和研究。当叶先生捐献巨资的消息传出时,曾有媒体在采访她时提到此事,叶先生淡然地说道:"我本来要跟你讲学问。看样子,你对学问是没有兴趣的。"她的情操、品格和只是关心捐款数额的一些俗人相比,确实有着云泥之别。虽然叶先生多次提到"弱德之美",但她本人对传统文化的体悟和坚守,她内心的通透和坚韧,却又有着一份异乎寻常的执着和顽强。她的性灵和境界高洁清净,别有一方尘俗之外的清凉和纯真。

第四是叶先生对中华优秀传统文化的胸襟之阔。先生自有深厚的诗词修养和传统积淀,同时又有宽广的西方文化视野和坚实的新旧诗学底蕴。她讲课从不囿于一家之言,而是融贯中西、学通今古,她的教学特点被戏称为"喜欢跑野马"——她每每能从一点常见的辞章,生发出许多不常见的奇思妙想,而且还能把放出去的思绪之马再在课堂上重新拉回来。这种游刃有余的发散性教学,有助于培养学生对传统文化的鉴别和分析能力,给听课的学子带来更多的新鲜营养和创新性的思维理念。叶先生本人是众所周知的古典诗词传承者,但并不狭隘地排斥新诗。一位台湾诗人曾谈到叶先生在沟通新、旧诗人方面的特殊贡献,他说当年宝岛台湾的新诗人和旧诗人"是不太来往的",连过诗人节时吃粽子也不愿意坐到一起。后来叶先生在《幼狮文艺》发表了谈新旧诗歌的比较文章,"使得新诗人和旧诗人慢慢地开始在端午节能坐在一张桌子上吃粽子了"。通过这一例证,可见叶先生的学术胸襟和理论气度。

叶先生是众多传统文化的传薪人和摆渡者中的一个优秀代

表。叶先生带来的感动也是众多传递中华文脉的辛勤耕耘者们所带来的集体感动。他们为中华优秀传统文化传薪播火，孜孜不倦，踏踏实实、兢兢业业。正所谓高山仰止，景行行止，感人心者又岂是这里的一篇短文所能涵括。笔者略述以上几点心得和感受，谨在叶先生荣获此殊荣之际，向她和他们表达一份发自心底的感动和敬意。

正所谓：

寿星明·恭王府癸卯海棠雅集赋贺迦陵先生期颐瑞寿

嘉木关情，名园萃锦①，清韵激扬。忆辅仁闻道，南开授业，枫邦②解惑，台岛留香。尔雅其门，斯文而上，跨海弦歌动故乡。著裙士③，秉丹忱之炬，朗润之光。

烟霞百叠沧桑，有一脉春风托海棠。算驼庵雨露，遥闻欸唾；莲池④顾许⑤，忝列门墙。饮水思源，传薪赓古，聊奉心杯祝寿觞。信明日，更添筹海屋，新赋华章。

---

① 萃锦：恭王府花园名"萃锦园"。
② 枫邦：即枫叶之国，代指加拿大。
③ 著裙士：台湾诗人瘂弦形容叶嘉莹先生为"穿裙子的士"。
④ 莲池：即保定莲池书院，此处代指河北大学。
⑤ 顾许：指顾随先生的女儿顾之京、女婿许桂良，均为笔者大学老师。

公木先生的俳句实践

1980年2月，僻居长春的公木先生接到中国作家协会的电报，邀请他于4月1日至17日，随中国作家协会代表团赴日本访问，与日本的"中国作家代表团欢迎委员会"进行文化和艺术交流。巴金任团长，冰心、林林任副团长，公木任秘书长，团员有艾芜、草明、杜鹏程、敖德斯尔、邓友梅等。出国前夕，全团在北京集中开了好几次会，并请夏衍、孙平化等有关专家介绍了日本的情况。而公木则比全团集中的时间更早到达北京，提前参加了这次访问筹备工作，住在北纬饭店。可能是要出访日本的缘故吧，公木在京和访日期间，用日本俳句的形式写作了一些诗歌作品。

1980年2月29日，中共十一届五中全会发布公报，全会通过了《关于为刘少奇同志平反的决议》，决定撤销八届十二中全会强加给刘少奇同志的"叛徒、内奸、工贼"的罪名和把他"永远开除出党，撤销其党内外一切职务"的错误决议。公木先生当时正在北京。听到五中全会公报之后，他于当年3月1日，借鉴日本诗歌形式，写了一组《俳句——喜读五中全会公报，感赋拟

排句二十章》,初稿十九章,定稿则为二十章。全诗如下:

像旭日升起,
像真理一样诚实,
像诗一样美。

这心是红的,
与民心一齐跳动,
这话是真的。

真理靠实践,
冤案再大也平反,
阴霾终驱散。

把历史真实,
再还给真实历史:
"刘少奇同志!"

为什么仅仅
叫一声,就会使人
不禁泪纷纷?

这名字不只

代表着一人,而是
老一辈整体。

老一辈党人,
沉冤屈辱受欺凌,
革革革革命。

噫,又何足论!
如果不把水搅混,
怎么会澄清?

历史是杆秤,
时间便是定盘星,
是非不容混。

历史最清醒,
是假决不能乱真,
良知不容泯。

历史的良心,
容不得半点迷信,
权威等于零。

像人的眼睛，
容不得一粒微尘，
事无关"信任"。

谁不曾叫好，
关于那张大字报？
怎奈抓空了。

炮打司令部，
我们谁不曾欢呼？
怎奈是盲目。

历史有良知，
说什么"信任危机"，
只要不自欺。

那过去了的，
已永远成为过去，
付够了学费。

付够了学费，
学会了一条真理：
要实事求是。

要实事求是,
就是按规律办事,
像公报说的。

名誉要恢复,
耻辱钉在耻辱柱,
这就是规律。

话说得真实,
不回避也不夸饰,
这也就是诗。

这组诗交给了《诗刊》编辑,后来很快发表在《诗刊》1980年的第4期。

3月21日,日本友人清水正夫先生专程来北京洽谈访日日程,公木先生出面接待,陈喜儒先生担任翻译。陈喜儒先生撰文回忆当时的情景时,说:"他(指公木)温文尔雅,学者风范,讲话不多,但逻辑清晰,简洁明快,没有半句模棱两可的废话。当翻译多年,最怕遇上车轱辘话来回说者,以其昏昏使人昭昭,令人苦不堪言,但给公木当翻译,感觉轻松愉快。"

这也是公木先生第一次跟清水正夫见面。清水正夫是日中友好协会副会长、日本松山芭蕾舞团团长,曾四次见到过毛主席。作为中国作家代表团的秘书长,公木先生在出访前后跟清水正夫先生接触很多。清水正夫搬出当年毛主席和中国其他领导人接见他的照片和资料给公木先生看……他说他们经常学习《在延安文艺座谈会上的讲话》，并用以指导他们的艺术。松山芭蕾舞团是日本著名的文艺团体，早在1955年，他们就把中国著名歌剧《白毛女》改编成了芭蕾舞剧。而公木参加过延安文艺座谈会，也曾和贺敬之先生合作为电影《白毛女》写作过歌词（署本名张松如），这样，他和清水正夫先生的共同话题就更多了。通过这次访问，公木先生和清水正夫先生结下了深厚的友谊。

4月16日，在日本长崎，公木先生用日本俳句的形式专门写了一组《别清水正夫》：

逢君又别君
桥头执手看流云
云海染黄昏

扑闪着眼神
大地撅起它的唇
向星空飞吻

河汉清且浅
流云轻轻扬白帆
飘去又飘还

又如双天鹅
婆姿起舞弄清波
唱一曲骊歌

天也同人怨
相逢不易别更难
聚散倏忽间

世事似穿梭
人生会少别时多
分手紧相握

旬月输诚交
播下百年置腹心
有分耶无分

有分者形迹
永无分者是情谊
海外存知己

知己坚弥真
艺术与诗赋精神
环球若比邻

山与山不见

彩云相连，人与人

相连以思念

二十天虽短

生命却由以充满

声光热醇欢

此地一为别

回忆长将唱着歌

把我们结合

由于清水正夫等先生的周密安排，这次日本之行非常顺利，给公木先生留下了很多美好的回忆。

4月1日，中国作家代表团抵达东京，第二天正赶上新宿御苑举办观樱会。公木与艾芜、杜鹏程、草明、敖德斯尔、邓友梅、陈喜儒等在日本友人秋岗家荣、不破新先生和立野女士陪同下前往观赏。这天下午，天晴日丽、云淡风轻，万树樱花带笑开，嫣红姹紫漫山崖，一行人等在草坪上欣赏了茶道，观看了水宫舞，参加了邊坡游，非常愉快。新宿御苑中，还特意辟了一个区域，叫"拟幕府"，狭街斜巷，犬吠风嘶，板屋茅棚，鳞次栉比，有人扮作荷戈武士，怒目相搏，有人扮作执杵农夫，挥汗舂米，其中还有武士伴游，农夫相迎，让人仿佛进入了日本德川时代。回到入住的东京新它谷饭店，公木乘兴写了六首绝句记录这次游览。

4月4日，中国作家代表团在东京朝日新闻社礼堂听了水上勉先生的一次讲演，题目为《虚竹》。4月10日游览了日本桂离宫，11日参观了揭幕刚一年的周恩来岚山诗碑。诗碑坐落在岚山山麓的龟山公园内，以京都名石鞍马石制成，造型具有日本民族特色，在深灰色碑石正面刻有中日友好协会会长廖承志书写的周恩来《雨中岚山》诗，副碑上刻的碑文是："为了纪念一九七八年十月缔结日中和平友好条约，并且为了表达京都人世世代代友好心愿，在这渊源深远之地，建立伟大人物周恩来总理的诗碑。"几位中国作家用鲜花表示敬意，公木先生还专门写了一首《诗碑歌》。

在日本访问十七天，公木每天参观回来，不管多晚多累，都要把当天的新鲜印象和感受记下来。翻译陈喜儒先生回忆：每次到他房间请示汇报，都看他在埋头写作。回国后不久，就陆续在《人民文学》《诗刊》《上海文学》等多家刊物上看到他的访日诗抄，有仿照日本俳句写的汉俳《别清水正夫》十二首、绝句《游新宿御苑杂咏》六首、《听水上勉讲虚竹》（七绝五首）、新诗《虹》等，平均下来，每天写好几首。在《听水上勉讲虚竹》中他写道："约略诗禅理本通，休言道大不相容。听君今日一堂话，天外长闻虚竹风。"

日本之旅前后，公木创作了不少的俳句作品，尤其是在日访

问期间,公木非常喜欢用俳句形式进行创作,并初步进行了格律化的努力。比如:

烟雨岚山
萍踪烟雨中。

千寻崖上矗苍松,

泉水响淙淙。

德岛海眺
沧海树云旌。

如火夕晖红一抹,

今夜月当明。

德岛郊望
鸣门潮浪涌。

胜似东家款客情,

阡陌草青青。

新宿御苑赏樱
友自远方来。

万树樱花带笑开,

红紫漫山崖。

新宿御苑茶道

靓妆献新茗。

霞帐银炉依草坪,

煦煦续茶经。

新宿御苑水宫舞

水里天外天,

珊瑚神怪舞飞仙。

浮生半日闲。

……

我之所以不厌其烦地在这里引用这么多公木先生的俳句作品,是因为前些年曾经注意到,网上和学术界有过一些关于赵朴初和公木谁最早创作汉俳的争论。

2009年6月12日,有位网名为"haijiaoqiren"的网友在天涯博客发帖《最先创作"汉俳"的是公木,不是赵朴初》,帖子开头便说:"中国第一位创作汉俳的人是谁呢?中国汉俳学会副会长、前中国新闻学院古代文学教授林岫说是赵朴初先生,她在为日本东圣子教授《研究成果报告书》撰写的论文《当代中国的短诗现状》(原文为日文,引者译为中文)中说,1980年5月30日这一天,中日友好协会首次迎来以大野林火为团长的'日本俳人协会访华团'。当时,日本友人向中方赠送了松尾芭蕉、与谢芜村、正冈子规等俳人的俳句集。赵朴初先生兴致勃勃地即席赋诗三首，诗作运用的是传统诗歌作法，形式则借用了日本俳句的十七音（五七五），这就是中国诗歌史上最初的汉俳，其中最著名的一首如下：'绿阴今雨来，山花枝接海花开，和风起汉俳。'以此为嚆矢，汉俳开始由北京发展到向各地。"

"haijiaoqiren"在帖子中认为："根据创作时间的先后，首先借鉴日本俳句、创作出中国新诗型——'汉俳'的，不是赵朴初先生，而是当代著名学者、诗人公木先生。1980年4月，公木先生作为中国作家代表团秘书长，与团长巴金，副团长冰心，团员艾芜、草明、邓友梅、杜鹏程等一起访问了日本。高昌的《公木传》曾经谈到了公木先生访日的一些活动……4月16日在日本长崎，公木专门用日本俳句的形式写了一首长诗《别清水正夫》。高昌提到的长诗《别清水正夫》实际上是十二首汉俳的联章，每一章或文或白，形式活泼……这十二章组合在一起，用的正是《花间集》中把几首同一词牌的词作合在一起的所谓'联章'形式。这套汉俳的最后明确写着'1980年4月16日于日本长崎'，时间要早于赵朴初先生的汉俳一个半月。但《别清水正夫》并不是公木先生最早的汉俳，在早赵朴初先生汉俳三个月之前，公木就在北京创作了《俳句》，诗前有小序说：'喜读五中全会公报，感赋拟俳句二十章。'二十章用的全是白话……《俳句》最后署明创作时地是'1980年3月1日北京'。公木先生既有接受新鲜事物的敏锐性，又有敢为天下先的魄力。他在访日的两个月前，就已经开始了解和熟悉日本的俳句，并且有意识地尝试'拟俳句'。创作汉俳晚于公木先生三个月的赵朴初先生慈悲心广，书法妙绝,诗词曲艺也罕人匹。他那句'和风起汉俳'中的'汉俳'作为借鉴日本俳句的中国当代短诗的名字,已经为公众认可。即便是如此,第一位创作'汉俳'也只能是公木先生。"

"haijiaoqiren"在帖子中征引了我写的《公木传》的内容,我则是偶然在网上搜索自己作品时,读到了这个帖子。当时觉得文字很亲切,其所议论的话题也引起我的特别关注。这位网友在帖子中写道:"公木先生既富诗歌理论,又有创作实践;既写新诗,又写旧体。他对新诗的格律化问题一直很关注……他率先垂范地借鉴日本俳句,创立当代中国诗坛的第一首'汉俳',同时以自己的汉俳创作实践,含蓄地表达了自己对这种诗型的看法和主张。那就是由依次为五言、七言、五言的三句构成;可以是文言,也可以是白话;大体押韵,韵脚自由;声调随意,不必定出平仄规则;不必如日本俳句那样非得使用'季语'(表示季节特征的词语)。现在有些作者一直在坚持不懈地创作汉俳,成绩也很斐然,如香港诗人晓帆、军旅诗人纪鹏等。不过,也有人把'汉俳'这种当代诗坛的新型短诗,当作是近体诗般的研究剖释,把它弄成一种规则烦琐不堪、令人望而生畏的'当代格律诗'。……论述这些问题,很要用些时间和笔墨,姑且用一首汉俳作结:'恋人出嫁了,做丈夫的不是我,该抽棵烟吧。'"

"有人说这是公木先生写的,但是公木文集里没有找到。不管谁写的,好像还有点意思。"

我不知这位网友的真实姓名,也不知天涯博客是否是这篇文章的第一来源,不过我推测应该是比较熟悉公木先生诗歌的学者或诗人写的。公木先生1928年在北京师范大学读书时写过一首《恋人三部曲》，其第三段为：

> 爱人出嫁了，
> 丈夫不是我。
> 唉，抽棵烟吧！

"haijiaoqiren"在帖子后边引用的那首俳句，是这段诗歌的一个变奏。但因年代久远，不知这首俳句出自公木先生自己的笔下，还是来自别的作者的假托。"haijiaoqiren"的《最先创作"汉俳"的是公木，不是赵朴初》传播颇广，也引起了长期在赵朴初先生身边工作的中国佛教协会综合研究室主任徐玉成先生的注意。

徐玉成先生写了一篇《关于赵朴初先生第一首汉俳时间初探》贴在博客，其中写道：

> 关于赵朴初先生第一首汉俳，中国汉俳学会副会长、前中国新闻文学院古代文学教授林岫在回忆赵朴初先生文章里是这样说的：1980年5月30日中日友好协会首次接待大野林火先生为团长的"日中俳人协会访华团"。当时，日本诗人送来了松尾芭蕉、与谢芜村、正冈子规等古代俳人的诗集。两国诗人欢聚一堂，朴老诗兴勃发，参照日本俳句十七音（五七五），依照传统的创作方式，即席赋诗三首，诗曰：

一

上忆土歧翁,

囊书相赠许相从,

遗爱绿荫浓。

二

幽谷发兰馨,

上有黄鹂深树鸣,

喜气迓俳人。

三

绿荫今雨来,

山花枝接海花开,

和风起汉俳。

这三首诗就是中国诗歌史第一组汉俳。①

　　事实上,林岫教授所说的这三首汉俳,是在中日诗歌界影响比较大的汉俳,但并不是第一组汉俳,当然也就不可能是"中国诗歌史第一组汉俳"了。在1980年5月30日接待"日中俳人协会访华团"之前,赵朴初先生已经写过十七首汉俳了。林岫教授

---

① 林岫著:《架木为桥诗笔先》,载《赵朴初居士纪念集》第281页。

说的赵朴初先生"1980年5月30日写的三首汉俳"是"中国诗歌史第一组汉俳"的结论有误。

徐玉成先生特意考证了哪一首汉俳是赵朴初先生创作的第一首汉俳。他认为从编辑排列上看,《赵朴初韵文集》中收录的《赠森本孝顺长老》五首似乎是赵朴初先生第一次写的汉俳。大概写于鉴真大师像在扬州巡展结束时,森本孝顺长老与扬州大明寺、中国佛教协会互赠礼品之时,可能在4月28日至5月1日之间。所以,《赵朴初韵文集》收录的作者的第一组五首汉俳,应当是在1980年4月底至5月初在扬州赠森本孝顺长老的。比林岫教授认定的汉俳要早了近一个月时间。所以,根据时间编排,《赠森本孝顺长老》五首汉俳应当认定为赵朴初先生创作的第一组汉俳。

但是,当读到五首汉俳后面作者原注后,徐先生这一判断又发生了动摇。因为赵朴初先生在《赠森本孝顺长老》的附注中说:"俳句,是日本诗体之一。每首三句,共十七音节,首尾各五,中七。又每首均须点出季节。奈良东大寺清水公照长老近在宴会上诵其在扬州所作俳句,译员口译其意,余依俳句格律改为汉文云:'遍地菜花黄,盲目圣人归故乡。春意万年长。'此余为俳句之始。用汉文写俳句,或是余首创,余名之曰'汉俳'。所不同于日本俳句者,余所作,句句有韵,而日本俳句则无是也。"

徐先生认为,从附注来看,赵朴初先生既不承认"赠日本俳人访华团"三首汉俳为他的"写汉俳之始",也不承认《赠森本孝顺长老》五首汉俳为他的"写汉俳之始",而是承认在1980年

4月21日的宴会上写的译清水长老俳句的汉俳是他的"写汉俳之始"。徐先生提到他曾经收藏到赵朴初先生与清水公照长老联合书写俳句的一幅墨宝：一张七十厘米见方的宣纸上，右边是清水长老用毛笔写的日文草体俳句，左边是赵朴初先生用毛笔写的译清水长老的俳句的汉俳"遍地菜花黄，盲目圣人归故乡。春意万年长"。左侧题款处写道："译清水长老俳句 朴初 一九八〇年四月二十一日。"可能两位是在宴会上即席写的，双方都没有盖印章。徐先生认为"这一墨宝，完全可以与赵朴初先生的原注互为佐证"。他说："由此可以证明，赵朴初先生写的第一首汉俳，是朴初先生自己承认的、在1980年4月21日招待日本清水公照长老宴会上，根据清水长老吟咏的日文俳句写的'遍地菜花黄，盲目圣人归故乡。春意万年长'的汉俳。而这首汉俳却没有收进《赵朴初韵文集》，实为一件天大的憾事。由于赵朴初先生在诗注中承认'用汉文写俳句，或是余首创'，那么上述译清水长老俳句的汉俳，应当是林岫教授说的'中国诗歌史第一首汉俳'了。不过，近日有一位网友从天涯博客转一帖《最先创作"汉俳"的是公木，不是赵朴初》。文中说，根据创作时间的先后，首先借鉴日本俳句，创作出中国新诗型——'汉俳'的，不是赵朴初先生，而是当代著名学者、诗人公木先生。1980年4月，公木先生作为中国作家代表团秘书长，与团长巴金，副团长冰心，团员艾芜、草明、邓友梅、杜鹏程等一起访问了日本。……4月16日在日本长崎，公木专门用日本俳句的形式写了一首长诗《别清水正夫》……依照上述说法，公木先生是1980年4月16日在访问日本时写了第一首汉俳,赵朴初先生是1980年4月21日在招待日本高僧时写了第一首汉俳,两位几乎同时写下了第一首汉俳,说明日本俳句在中国经过长期的流传、酝酿、成熟,到1980年在诗歌界已经到了瓜熟蒂落、水到渠成的结果期了,所以两位诗人几乎在同一时间,在不同的地方和不同的场合,不约而同地写出了高水平的汉俳。这绝不是偶然的。所以,把赵朴初先生与公木先生并列为首创汉俳的人是比较妥当的。"

针对网友帖子上说:"《别清水正夫》并不是公木先生最早的汉俳,在……之前,公木就在北京创作了《俳句——喜读五中全会公报,感赋拟俳句二十章》……最后署明创作时间是1980年3月1日……从上述事实来看,中国最早写汉俳的人应属公木先生。"徐玉成先生则认为,公木先生1980年3月1日写的《喜读五中全会公报,感赋拟俳句二十章》,时间上只比赵朴初先生4月21日的第一首汉俳提前五十天。"另外俳句写成后,是不是在刊物上及时发表了?如果不是在像公木先生访问日本或者赵朴初先生在接待日本清水长老宴会上的场合,而是写了俳句存着而没有发表,没有公诸于世,没有得到中国文化界和日本文化界的普遍认可的作品,应该不能作天下先,不能算作最早的。"他认为"一个文化现象与文化题材从酝酿、成熟到结果,是个漫长的过程,是集体的智慧和力量共同作用的结果。……以公木先生《别清水正夫》的汉俳与赵朴初先生在宴会上译作清水长老俳句,共同作为'中国诗歌史上最早的汉俳',是比较公正与比较可取的"。

正如徐玉成先生所言,把公木和赵朴初先生的作品共同作为"中国诗歌史上最早的汉俳",确实是比较公正和公允的。不过徐先生对公木先生喜读五中全会公报的《俳句》发表时间的疑问,是可以用确切的史料来进行回答的。我特意查阅了一下当年的刊物,公木《俳句——喜读五中全会公报,感赋拟俳句二十章》发表在1980年4月《诗刊》杂志,该期杂志是4月10日出刊。所以公木先生的《俳句——喜读五中全会公报,感赋拟俳句二十章》比他本人的《别清水正夫》和赵朴初先生写于4月21日的第一首汉俳,无论创作和发表的时间都要早一些,这个是需要略作说明的。

我记得公木先生写过一首《真实万岁》,其中有几句诗我印象很深:

抹的黑不久长,

贴的金粘不住,

……

历史荧屏上

只显示真实……

赵朴初先生和公木先生都是我很尊敬的长者,我在本文略述手边能够找到的以上一些资料,并非要为逝者争名,只为给历史存真。

汉俳又称为俳句、十七音诗,是一种小型的长短句,可以看成词的一种微型变体。俳在这里是对偶、骈俪的意思。共三行，中间七字句，开头结尾各用五字句，首尾以第二句为轴，互相映衬，形式很工整。俳句源于日本，比如松尾芭蕉的《青蛙》：

闲寂古池旁
青蛙跳入水中央
扑通一声响。

20世纪初，俳句就曾对中国早期新诗中的小诗体产生过影响。周作人和废名等先生当时都翻译过日本俳句，并谈到过日本俳句对五四时期中国小诗创作的影响，只是我并未查到当年的诗人根据日本诗歌形式创作的俳句作品。

请看周作人先生翻译的日本俳句诗人石川啄木的《一握砂》：

一
在东海的小岛之滨，
我泪流满面
在白砂滩上与螃蟹玩耍着。

二
不能忘记那颊上流下来的
眼泪也不擦去，
将一握砂给我看的人。

三

对着大海独自一人,

预备哭上七八天,

这样走出了家门。

四

用手指掘那砂山的砂,

出来了一支

生满了锈的枪。

五

一夜里暴风雨来了,

筑成的那个砂山,

是谁的坟墓啊。

　　从这样的翻译形式来看,周作人所处时代的诗人们似乎还没有进行俳句的汉化体式探索。文化自觉角度的汉俳形式实践,大概率是从公木先生和赵朴初先生开始的。经过了四十年的诗体探索,目前诗坛上出现的汉俳的种类,基本可以分为散俳和律俳。散俳除句式按照五七五格式之外,没有平仄限制,声调随意,韵律随意,可以全部押韵,可以一三句押韵,可以二三句押韵,也可以不押韵。这一点类似于新诗中的小诗。如:

琴手

晓帆

自从那一夜,

弹响了你的心弦,

我才算琴手。

瑞典汉学家马悦然把散俳的白话化探索更推向一个极端,创作了一些更加富有试验性、先锋性的有意思的作品。如:

俳句的格律,

之乎也者矣焉哉,

仅此而已矣

九月十一日,

谁打开地狱之门,

罪恶的黑手

弃疾发慌了,

可恶可爱的酒杯,

来来来来来。

律俳则参照绝句进行了一些初步的格律化努力。由于中文为单音节语言,与复音节的日语不同,汉俳改日语十七音为十七字,同样是三句一首,为"五—七—五"的体制。五字句的节奏分为二三式、三二式、一四式等,七言句的节奏分为二五式、三四式、四三式、一六式等。日本俳句中要求的季语,在汉俳作品中逐步进行了淡化。

律俳的格律其实非常灵活。可每句押韵,也可首尾押韵,还可以后两句押韵。可以押平声韵,也可押仄声韵。因其韵位自由,所以平仄谱式也仅仅大致借鉴近体诗句式,目前尚没有特别固定的谱式。如果以赵朴初先生的《和风起汉俳》三首为正格的话,其谱式如下:

●●●○△
○○○●●○△
○●●○△

○●●○△
●●○○○●△
●●●○△

○○○●△
○○○●●○△
○○●●△

第一首的基本句型其实就是五言和七言的"仄仄仄平平"

"平平仄仄仄平平",其中第二句的第三字和第三句的第一字按照近体诗的规律可平可仄。

第二首的基本句型其实就是五言和七言的"仄仄仄平平""仄仄平平仄仄平",其中第一句的第一字和第二句的第五字按照近体诗的规律可平可仄。

第三首的基本句型其实就是五言和七言的"平平仄仄平""平平仄仄仄平平",其中第一句的第三字和第二句的第三字按照近体诗的规律可平可仄。

通过以上分析可以发现,赵朴初先生在《和风起汉俳》中的格律尝试,也是很宽泛的。每一句与另一句之间的平仄可以相粘,也可以相对。以此类推,根据五言绝句和七言绝句的基本句型,还可以继续推演出更多的汉俳谱式,此处就不做过多介绍了。

广汉俳则是在汉俳基础上添字推演出的一种诗体新品种,由公木先生创制并命名。1997年10月15日,诗人黄淮拜访公木先生,为《现代格律诗坛》约稿,公木先生原本想写一组汉俳,因兴之所至,每首增加了一行五言句,而且第一首的尾句,又做第二首的起句,第二首的尾句,又做第三首的起句……这样形成了一组六首《卧游吟》,先生名之为"广汉俳"。公木先生《卧游吟》如下:

倚枕半床书,
好友良朋坐满屋,

闭门寂未寞，
对影不孤独。

对影不孤独，
高谈阔论欢声沸，
知识皆里手，
说道尽通儒。

说道尽通儒，
之乎者也见功夫，
或评弹今古，
或论证有无。

或论证有无，
有无相生老规律，
无无者是有，
有有者乃无。

有有者乃无，
有无同谓道之枢，
全是自由谈，
没人作记录。

没人作记录,

玄之又玄任驰驱,

卧游天地广,

梦醒筋骨舒。

广汉俳以"五七五五"句数形制构成,基本以第一、二、四句押韵,平仄韵可互押,平仄格律没有特殊要求,形制类似五言古绝,只是把第二句添加二字,改为了七言句。我想,这种有意思的诗体形式追求试验,可以看作公木先生晚年的一种诗歌美学探索吧。

铁凝女士称赞公木:"军歌嘹亮生命之诗,桃李芬芳赤子之心。"李瑛先生称赞公木:"以诗以文,育人以灵魂之美。"牛汉先生说:"诗人公木人品诗品朴实而真挚,他的一生与民族命运血肉相连。"徐光耀先生说:"一唱向前曲,热血冲云霄。冀人好公木,令我最自豪。"作家王蒙先生说:"向前向前向前,公木的呼唤永远。"这里的"永远",也即是老子所谓"死而不亡者寿"吧?公木先生逝世已经二十多年了,人们还在议论他的诗歌创作,还在唱着他写的歌词,他也仿佛一直还走在我们的身边似的。

2020年是先生一百一十周年诞辰。怀念公木先生……

《公木先生的俳句实践》一文补正

我在《公木先生的俳句实践》一文中,谈了公木先生在俳句方面的部分探索。此文在《诗探索》的理论版发表之后,受到一些老师和朋友的鼓励和关注。而其中一些错误,也得到一些方家和读者的指正。比如:

我文中说"1980年2月29日,中共十一届五中全会发布公报,全会通过了《关于为刘少奇同志平反的决议》,决定撤销八届二中全会强加给刘少奇同志的'叛徒、内奸、工贼'的罪名和把他'永远开除出党,撤销其党内外一切职务'的错误决议。"这里的"八届二中全会"应为"八届十二中全会"。

我文中所引公木先生《别清水正夫》中"天也同人怨/相逢不易别更难/聚散倏忽问",这里的"聚散倏忽问"应为"聚散疏忽间"。

……

而除了以上几处重大技术性的问题,关于汉俳源流的表述则因为新资料的出现,尤其需要对《公木先生的俳句实践》再做一些新的补充和更正——

这篇文章写作时，我从周作人先生翻译的日本俳句诗人石川啄木的《一握砂》等作品的翻译形式来推断，周作人所处时代的诗人们似乎还没有进行俳句的汉化体式探索，认为文化自觉角度的汉俳形式实践，大概率是从公木先生和赵朴初先生在20世纪80年代初开始的。不过2021年7月21日，我从著名学者、诗人赵青山先生发来的微信中，欣喜地读到陆志韦先生在20世纪30年代写的《早春戏为俳句》：

芦苇刚透尖，槭树展开茶绿叶，在少妇胸前

轻腰黄寿丹，蝌蚪尾巴三屈曲，各自有波澜

杏花满脸愁，小鸟低声来问候。梦里过苏州

赵青山先生寄来的这三首俳句，见于《诗人陆志韦研究及其诗作考证》[①]，原始出处是陆志韦先生1933年赴美进修之前的自印诗集《申酉小唱》，收入的是1932年9月至1933年5月写作的诗歌作品。原书的《早春戏为俳句》没有分行，每首都是三句连排。如果按今人习惯的三句分行进行排列而不是横行连排，则与现在公认的"五七五"汉俳格式毫无差别。尤其令我惊异的是，其中既有口语化散俳，也有格律化了的律俳，直接涵缩了当今习

---

① 赵思运著：《诗人陆志韦研究及其诗作考证》，东南大学出版社，2012，第215页。

见的两大汉俳品种。

散俳比如第一首：

> 芦苇刚透尖，
> 槭树展开茶绿叶，
> 在少妇胸前

这首诗清新鲜亮、活泼空灵，最后一句尤其精彩。

律俳比如第二首：

> 轻腰黄寿丹，
> 蝌蚪尾巴三屈曲，
> 各自有波澜

这首诗基本符合五言和七言的近体诗格律：
平平平仄平，
仄仄仄平平仄仄，
仄仄仄平平

第一句和第二句平仄相对，第二句和第三句平仄相粘，可以看出陆先生在俳句格律化方面的探索。

全诗描写早春动植物的生命萌发和烂漫天趣，提到的黄寿丹，是一种多年生的蔓性草本植物，长可两米有余。诗人将黄寿丹绿色藤蔓的蜿蜒和蝌蚪尾巴的屈曲律动联系在一起，静动互转，相映成趣，而又意味深长。这种意象罗列的技法，令人联想起诗人顾城那首著名的《弧线》：

  鸟儿在疾风中
  迅速转向

  少年去捡拾
  一枚分币

  葡藤因幻想
  而延伸的触丝

  海浪因退缩
  而耸起的背脊

  顾城笔下构成弧线的四个意象，和陆志韦笔下"各自"构成"波澜"的两个意象，是可以类比的。这里都用单纯的目光把复杂的世相进行了抽象化的概括、叠加，使之变得格外纯净和简洁。其中有特写镜头的精致，也有广角平推的辽阔。

  汉俳即汉式俳句，是中国诗人在同日本俳句诗人文学交往中产生的一种新的诗体。参照日本俳句十七音"五七五"的形式，加上韵脚，形成一种三行十七字的短诗，近似绝句、小令或民歌。它短小凝练，可文可白，便于写景抒情，可浅可深，可吟可诵，在20世纪80年代中日文化交流中受到中国诗人们重视，日益繁荣发展起来。1982年，日本百科辞典收入"汉俳"一词，所用诗例是林林先生1981年在日本京都平安神宫观赏樱花时所作的作品："花色满天春，但愿剪得一片云，裁作锦衣裙。"

五七五句式的汉俳形式出现在中国诗坛之后，也有诗人依然不拘于这一形式，重新回归五四时期小诗的体式建构，同样创作了不少可圈可点的作品。比如海子1987年写的《汉俳》就不仅突破了句型和韵律的限制，而且连行数也进行了大胆增删，其中有的是三行，有的是两行，有的仅有一行，比如：

河水
亡灵游荡的河
在过去我们有多少恐惧
只对你诉说

打麦
黄昏
老年打麦者
在梨子树下
晚霞常驻

风吹
茫茫水面上天鹅

村庄神奇的门窗合上

海子的作品深清幽重、厚朴沉郁,以绚为素,落笔生花。他的探索从格律化重新回归散文化,为诗坛留下了俳句汉化过程中的另外一种独具个性的呈现方式。

现在检索汉俳资料,学者们多认为"汉俳是20世纪80年代才产生的一种新诗体",认为"'汉俳'是20世纪80年代一个陌生的词语,90年代逐渐为人们所了解",认为"中国从1980年以来,在汉俳创作方面,也取得了长足的进展"……中国专业诗歌刊物《诗刊》1981年第6期以《汉俳试作》为题发表赵朴初、林林、袁鹰三位诗人作品时,也在编者按中说明,"这里发表的一组汉俳,是一种尝试,一个开端"。2005年3月23日,中国汉俳学会在北京成立后,也有学者认为"从1980年到2005年,历经二十五年,它标志着汉俳这一新出现的文学形式,得到了世人的认可,并成为中国文学百花园中的一朵新开的奇葩"……以上一系列表述,应该都是在没有发现陆志韦先生(或者还有其他诗人)在20世纪30年代初的俳句艺术实践的基础上立论的。而陆志韦先生《早春戏为俳句》的重新出现,则将中国诗人们的俳句探索向前推进了将近五十年。

陆志韦(1894—1970)先生曾任燕京大学校长、中国科学院哲学社会科学部委员,是著名的心理学家、语言学家、教育学家。陆志韦先生的新诗清丽恬静、雅致晶莹,别具绰约风姿,也是一位不该被遗忘的诗人。朱自清先生在1935年10月出版的

《〈中国新文学大系·诗集〉导言》中就曾说过："第一个有意实验种种体制，想创新格律的，是陆志韦氏……这种努力其实值得钦敬，他的诗也别有一种清淡风味；但也许时候不好吧，却被人忽略过去。"其实，除了他本人在20世纪30年代就差点儿"被人忽略过去"，他的诗集《申酉小唱》在后世也差点儿成为新诗史上的"失踪者"——1992年版《民国时期总书目》由书目文献出版社出版，除此之外就没有收入此书的相关信息，连2004年出版的他的个人传记中也认为《申酉小唱》"因未出版已难睹真容"。另据陈子善先生考证并在《签名本丛考》[①]披露，《申酉小唱》不仅当年确实出版了，而且季羡林先生1933年10月16日还在天津《大公报》写过评介文章。只不过因为诗集是自印的，印数较少，所以至今存世不多。万幸这本《申酉小唱》传了下来，尤其令人倾心的是还保存了《早春戏为俳句》，让今人得见陆先生为汉语俳句创造的"早春"风景。

俳句在中国早期新诗诗坛的探索踪迹，是令人倾心和引人注目的一片生动而崭新的艺术风景，期待着更多方家和同好们的更多的共同努力和开掘。倘或有志、有识、有缘，估计也还可能会有更精彩的发现和收获。在这一学术背景之下，我在《公木先生的俳句实践》一文中所说"把公木和赵朴初先生的作品共同作为'中国诗歌史上最早的汉俳'，确实是比较公正和公允的"，或许应该修改为"公木先生和赵朴初先生是新时期诗坛上汉式俳句的

---

① 陈子善著：《签名本丛考》，海豚出版社，2017年7月。

新试者"。汉式俳句在20世纪30年代诗坛发轫,在20世纪80年代诗坛开始发力并蔚成大观。"并非要为逝者争名,只为给历史存真",谨再次略述手边能够找到的以上一些资料,作为《公木先生的俳句实践》一文的补正。

第三辑　厄言篇

"俗白"和"典雅"

读魏新河先生的《还斋琐忆》,我注意到一则启功先生与孔凡章先生的轶事。启功先生为孔凡章先生的《回舟续集》题诗,诗中有"和韵余痴剩打油"一句。孔凡章先生"是主张正宗典雅诗风的",在给启功先生回信中"言辞犀利地对俗白一体大加贬斥",且附有一首类似观点的论诗之作。这样就与"一贯是写打油体的"启功先生产生了误会。经过沟通,误会解除了。"而前辈高怀雅量,谦以待人,直言不讳之风,足为吾侪树立楷模"。二位老先生风格不同且各美其美,各臻其妙,此处不多谈。我想就"俗白"和"典雅"的俗雅之分多说两句话。

"俗白"和"典雅"分据两端,却也不是能截然分开。孔凡章先生写过"星非昨夜人何在,花有他生我不如",何其典雅;但也有"隔房二老浑无事,只觉浑身肉欲麻"之类的俏皮之词。

启功先生写过清浅可爱的"心放不开难以铁,泪收能尽定成河",但也有"故苑人稀红寂寞,平芜春晚绿凄迷"之类清雅之什。"俗白"和"典雅"各有特点,把握不好才令人生厌。

如果仅是在几本古书中打转转,原创乏力、套路明显、构思雷同、创意稀少、内涵不足、同质化严重、精神硬度疲软……这种所谓的"雅"又美在何处？如果仅仅是炫丑卖乖成癖，格局促狭，眼界偏狭，以丑、闹、邪为喜感，以泼、浪、贱为特色，以文字中抖个小机灵、玩个小把戏为能事……这种缺少大情怀和大格调的所谓"俗"，又何其难堪！

正如《文心雕龙·体性》所言："才有庸俊，气有刚柔，学有浅深，习有雅郑。"人各各异，诗各各异，不必硬性划为清一色。其中，俗固然接地气，但不能犯贱；雅固然有品位，但不能泛酸。

"思想着"，不是嗷嗷叫

网上有一种"嗷嗷叫派"的诗词评论风格。谁被盯上，大家就集中火力挖苦谁、讽刺谁，甚至妖魔化谁。至于观点是否说错了，枪口是否打歪了，则一概"不关我事"。这种嗷嗷叫的诗词评论背后有个人意气的语言暴力，有商业炒作的影子，有哗众取宠的因素，有耐不得寂寞的小算盘，而缺少的则正是善意、理性和客观。善意，体现的是批评的品格；理性，体现的是批评的修养；客观，体现的是批评的立场。批评者如果忘掉了这六个字，就有可能沦为泼皮牛二或者卖瓜王婆。

清人赵翼曾言："矮人看戏何曾见，皆是随人说短长。"只要手中有了红包，嘴里就拼命地"褒"；只要心中有了戾气，脚下就使劲儿地踹——如此"批评文字"，近年来在某些媒体、网络论坛和自媒体上仍在撒着泼儿抖机灵，匿着名儿吐脏水，招摇过市，不断发飙。

值得关注的是，关于当代诗词的议论，近年在各种报刊、网络和自媒体上确实越来越多了起来。这也从侧面说明了中华诗词事业的社会影响度和读者的关注度。这些评论中有赞赏和鼓励，但更有尖锐的批评。各种声音此起彼伏,"众声喧哗"。一方面的原因是由于诗词创作的繁荣发展和诗词文化素质水平的提高,读者的阅读视野扩大了,对当代诗词的美学要求也相应提高了;另一方面的原因,则是由于当代诗词自身也存在着的某些问题。

批评者有发言的权利,被批评者也有自己的人格尊严!批评文字的字里行间,体现的正是批评家自己的品格、修养和立场。一位负责任的、有活力的诗词批评家,理应是一个思想者,也必拥有一颗"思想着"的大脑。"思想着"是一种沉静的理性状态,并不是高分贝的嗷嗷叫。

著一直语

诗词之道易也，见所见、闻所闻、书所书而已。"人比黄花瘦"，是一句直语。"只恐双溪舴艋舟，载不动，许多愁"，也是一句直语。"前者妙用比喻，后者妙用通感"，这都是评论家的口气。就作者而言，也不过是写眼前所见和心中所想而已。

作家阿城在《孩子王》中有个段落挺精彩。主人公教孩子们写作文，提了两个要求："第一个要求，就是要清楚，写不好看没关系，但一定要清楚，一笔一画。"而且还说"否则还不如放个臭屁有效果"。主人公提的"第二个要求"，就是"作文不能再抄社论，不管抄什么，反正是不能再抄了。……你们自己写，就写一件事，随便写什么，字不在多，但一定要把这件事老老实实、清清楚楚地写出来。别给我写些花样，什么'红旗飘扬，战鼓震天'……把这些都给我去掉，没用！清清楚楚地写一件事，比如，写上学，那你就写：早上几点起来，干些什么，怎么走到学校来，路上见到些什么——"

阿城这里讲的作文之道，其实可以用四个字来概括，就是"著一直语"。对于被各种高深的诗词学问唬得一愣一愣的诗词作者而言，倒是可以开一下这个四字药方。

我猜李清照写作之前，先想的肯定不是什么通感和比喻，不是怎样雅典和高古，而是怎样表达彼时彼地的内心情感。有的作品是嚷出来的，有的作品是想出来的，有的作品是仿出来的。脱口而出者妙合无垠，最为高超。

这里涉及创作的直觉性，也涉及评论的理性。此二者有区别，但从根本上说，也具有一致性。潜意识、显意识，二者均来自对生活的感发和理念的积累，可以互相转化、相辅相成，而相较而言，潜意识更接近于艺术创作的本真本色之态，更注重妙手偶得之趣。写意容易，写真更难。

诗重"活"法

沈鹏先生讲授书法,专列一节讲"活"法。他比较了儿童画和儿童书法的教学之后说道:"不少(不是全部,也不一定是许多)儿童画还保留着天真的童趣,可是绝大多数儿童书法都是'小大人'的面孔。教学者只知授人以'死'法,而不懂得'活'法。'活'法才是真正从实践中得来并启发实践的;'死'法,脱离实际却貌似艰深,可能连教学者本人也不见得能弄懂。"沈先生强调"原创性",力主在继承传统的基础上发挥潜在的创造能力。这对当下的诗词写作也是很有现实意义的。

张九龄的名句"海上生明月,天涯共此时"中,为什么用"生"字,却不用"升"字?

"升"字是惯性思维、寻常手段,合于"法"而淡于味,这就是"死"法;"生"字则摇曳多姿、神采飞扬,赋予了大海、明月一种非同凡俗的鲜活和生动,是诗家眼光、诗性思维,异于"法"而浓于趣,这就是"活"法。"生"字更具有"海"与"明月"为一体的感觉,接下句更妙。需要注意的是,"生"字反常而合道,是真实的眼前所见和心中所感,并未脱离特定的生活情景和感情场域,妙就妙在"似"与"不似"之间。齐白石先生问他的学生:"你们跟我学画虾这么久了,你们知道虾应该在第几节开始打弯吗?"见没有人回答,他说道:"应该在第三节开始打弯。"齐先生这里所讲,就是艺术创造的生活根基。倘若脱离了真实的体验和观察,任何艺术的所谓"活"法也只能归于臆想和臆造,同样等同"死"法。

有位名叫姜二嫚的七岁女孩写过一首名叫《灯》的诗:"灯把黑夜/ 烫了一个洞。"这首诗中的"烫"字很朴素,但用在这里就非常惊艳。小作者找到了属于自己的个性化的美学发现,语言虽质朴,笔锋却犀利。这个"烫"字是俗字俗语,却又空灵玄妙、生趣十足,也可视作运用"活"法的一个成功例证。

诗重"活"法,贵天趣。杨金亭老师曾经把四平八稳、味同嚼蜡的诗词作品称作"格律溜"。那些没有"活"法的"格律溜",就如同面黄肌瘦、苍白贫血的蜡像;尽管经过了精心打扮,却也终究比不上活蹦乱跳的、哪怕有缺陷的真实生命。

盼望诗词界能够形成反对因袭、追求原创的一种艺术氛围。正如沈鹏先生所言:"原创意味着个性,意味着对自己的艺术创作提出个性化的要求,而且必须提出个性化的要求,否则,艺术的本质就失去了。"

"解放"和"顽皮"

1933年2月,《新时代》月刊第四卷第一期刊出了"词的解放运动专号"。柳亚子、曾今可、郁达夫等先生都发表了见解,提出"灌进新的生命,写我们今日的事,说我们今日的话","利用着旧的格式装饰些新的情调",并就词的平仄、调名的废存等进行了热烈讨论。

在这场"词的解放运动"中,除了打出理论的旗号,也有相当可观的创作实践成果。比如林庚白、柳亚子联合给章衣萍的夫人吴曙天写了一首《浪淘沙·嘲曙天》:"本是老板娘,变小姑娘。蓬松头发绿衣裳。低吟浅唱音袅袅,端的疯狂。　家世旧高阳,流转钱塘,漫言徽歙是儿乡,好把情书添一束,看月回廊。"王礼锡则写了一首《如梦令·调胡秋原夫妇》:"不相识时烦恼,一相识时便好,好得不多时,爱找边纽儿闹。别闹,别闹,惜取如花年少。"以上两首词的内容还只是友人调笑氛围,另外也有涉及时事题材的作品,比如曾今可的《卜算子》:"东北正严寒,不比长江暖;伪国居然见太平,何似中原乱?

'全会'亦曾开,救国成悬案;出席诸公尽得官,国难无人管!"讽刺伪满洲国和国民党高官,笔锋犀利,忧思迸发。

这场"词的解放运动"在当时引起很大争议,其中最引起争议的还是曾今可这首《画堂春》:"一年开始日初长,客来慰我凄凉。偶然消遣本无妨,打打麻将。

且喝干杯中酒,国家事,管他娘。樽前犹幸有红妆,但不能狂!"欢谑的词句中,隐藏着巨大的绝望。这首作品当年激起轩然大波,鲁迅、茅盾等人都发表过各自的看法。茅盾先生讽刺说:"人家时长日也长,自该'消遣''打麻将';'时代'新了你守旧,管他娘呢管他娘! ……"

时至今日,当年的一些主张和争议好像还有点似曾相识的感觉。当年围绕词的解放和口语化努力的论争,仿佛今天也还在诗坛上继续进行着。历史在前进,历史当然不是重复。记得钱锺书先生评价卢弼先生"健康美"三字入诗时说"公真顽皮"。同样道理,当代诗坛也得允许诗人偶尔"顽皮"那么一下。

呼唤胸襟和气度,呼唤包容和宽容,呼唤异质探索和自家面目。

尝试和探索

我很喜欢钱锺书先生在《阅世》中的两句诗:"对症亦知须药换,出新何术得陈推。"套用到诗词鉴赏中来说,当下诗词作品的守正和生新问题确实值得关注,也颇费周章。

2020年的新冠疫情,触动了很多诗人的诗情。抗疫诗词数量上铺天盖地,质量上则薰莸互见,水平不一。《中华诗词》杂志2020年第4期"抗疫壮歌"栏目,发表了女诗人胡宁写的一首《感动中国》,这首诗现在突然被炒得很热。网上围绕这首诗的争议很尖锐,一些猜测也很离奇。诗是这样写的:"什么叫感动中国,感动了天南地北。一座城从汉走来,满天下纵忧能克。白衣天使是莲花,病毒阎罗装逼厎。生死同心你我他,前方看我人民力。"这首诗用传统审美的眼光去看,肯定有很大落差。但很明显,作者试图在格律框架内进行一番口语化的努力,不避俗字俗句甚至俚语,并有意在句式结构上进行了变化尝试。这种尝试对传统审美带来了冲击,引起了争议,都可以理解。但不能因为冲击和争议而停止探索的脚步。就如同厨师做出新菜样,如果遇到食客反映其中某菜不合口味,厨师当然要听一听群众意见,深入研究怎样改进以便更合众口,而不能因此再也不敢更新菜谱了。

其实,在传统诗词中进行口语化探索,有很多人都在做。探索固然有成功也有失败,均可以商榷和批评。就诗词接受美学而言,倒似乎可以让时间来慢慢考验。匆匆下出的结论,无论毁赞,往往仓促而不靠谱。相信时间是最公正的。抹的黑不久长,贴的金也粘不住。

"俗白"和"典雅"风格,都有好的作品,也都会有失败之作,不可一刀切地画线来轻言高低。诗人写作正如姜白石所言:"人所易言,我寡言之;人所难言,我易言之。"尊重个性,鼓励探索,各美其美,美美与共,诗词风景才能更加丰富和绚烂。

说"逼仄"

"逼仄"这个比较冷僻的词，近来在网上忽然成了热词，而且扮演着某种脸谱化的角色，遭到各种热烈的戏谑和调侃，成了某些网友和微信自媒体所谓的"欢乐源泉"，也引起网络诗坛一些话题性的纷纭思考。究其源，还是因为女诗人胡宁发表了一句"病毒阎罗装逼仄"的缘故。

"逼仄"一词，乍看似乎有点冷僻，但并不生僻。

唐代杜甫以"逼仄"为题写过名篇《逼仄行》，明代高启曾经感叹："前歌《蜀道难》，后歌《逼仄行》。商声激烈出破屋，林鸟夜起邻人惊。"高启是把《逼仄行》和《蜀道难》当作李白、杜甫各自的代表作来并称的，可见《逼仄行》声气之盛。宋代苏辙写过"洞门苍藓合，逼仄不容身"，元末王祎写过"天地正逼仄，岁月方峥嵘"，清代严遂成写过"中通洞逼仄，人入蛇之腹"，清代黄景仁写过"逼仄穿深林，延宛上悬栈"，民国时期的顾随写过"动地悲风迫岁阑，人间逼仄酒杯宽"，今人卢青山写过"江山路苍茫，人意每逼仄"，当下诗坛比较引人注目的青年诗人张月宇也写过"岭外归途欺逼仄，人前得句感孤平"……列举如上，显而易见，"逼仄"这个词对于喜爱阅读诗词的一些读者来说，应该还是比较熟悉的。

逼仄的词义，我理解为狭窄或窘迫。具体到"病毒阎罗装逼仄"中的"装逼仄"，我想可以解释成"制造困难"，或者直拔直说成是"麻烦制造者"的意思。当然这只是笔者一己之见。说者然然，读者未必然然，作者也未必然然。阅读作品的过程，其实也是基于读者个人素养、生活情趣和知识结构的一种再创造的过程。有什么样的自我，就会有什么样的切入视角。即使不关心"逼仄"一词中的古意，仅仅把"装逼仄"当作是一句直接的俚语，而在当前新冠疫情如此破坏力的情势下，痛骂一声"病毒阎罗"，似乎也不算失礼吧？

"白衣天使是莲花，病毒阎罗装逼仄"引起这么巨大的关注，确实有点出人意料。而涉及诗句的具体得失，也确实还有待理性观察和时间检验。诗歌接受美学中历来是不唯上、不唯威、不唯亲也不唯俗，只唯文本为基。在此无意贸然下一个什么结论，谨以唯真求实之心略谈一己之见，也向热闹的诗坛聊献一说吧。

炊烟新看

很喜欢邓丽君的那首《又见炊烟》:"又见炊烟升起,暮色照大地……"这里的炊烟意象多么温馨和优美。炊烟,雅一点讲是指烹制饭菜形成的烟气,俗一点说就是烧火做饭时从灶台和烟囱中冒出来的烟雾。看到炊烟,就会产生人家的联想,所以清末诗人费墨娟就说:"忽见炊烟深处起,始知山里有人家。"常说的"人间烟火",多半也由这炊烟二字而来。

古代诗坛大佬很喜欢以炊烟入诗。比如刘克庄说:"老矣征衫,飘然客路。炊烟三两人家住。"杨万里说:"新长水三尺,倒漂梅一株。炊烟起山崦,好个晚村图。"辛弃疾说:"乱云剩带炊烟去,野水闲将白影来。"陆游说:"西村林外起炊烟,南浦桥边系钓船。"范成大说:"碧穗炊烟当树直,绿纹溪水趁桥弯。"……现代诗歌大家写到炊烟的诗句也不少,比如顾随说:"几缕炊烟,数星灯火。不须更说凄凉我。"老舍说:"远丘流雪群羊下,大野惊风匹马还。隐隐牧歌何处起,遥看公社立炊烟。"张采庵也写道:"夕阳门巷散炊烟,归牧牛羊下野田。马背不如牛背稳,倒骑黄犊看云天。"

炊烟一般都是由烧柴火而出。清末诗人俞明震说："檐树参差露晴光，炊烟缕缕低渡墙。乡村最好是春暮，家家饭熟松柴香。"不过因为时代不同了，过去常用的炊烟意象，而今再用，则需三思。比如古人周邦彦说："疏林直炊烟"，如果今天再去疏林生火做饭，就明显违反《森林防火条例》了。

中国农业社会正经历着巨大的结构变革，生态保护意识越来越浓，燃料来源也日益多元化。当下农村人大多改烧沼气和液化气，已经很少见到樵夫砍柴和农妇烧火做饭了。炊烟不再是今日农村的典型意象，可是我读到近些年的诗词作品，仍然经常遇到描写炊烟的漂亮诗句。我猜这些诗句只是出自诗人的回忆和想象，是经过化妆甚至美容的乡村与田园，而非现实生活中的实际经历了。

倘若对生活没有切实的观察和体验，诗句中安放的就不是真实的灵魂，而是懒惰的陈陈相因的惯性思维。

"鸣不鸣"和"幽不幽"

清代袁枚在《随园诗话》中引用过衡山张彬的两句诗:"远岫碧云高不落,平湖萤火住还飞",这可以看成是以静衬动的一个诗例,"高"和"住",更衬托出了"不落"和"还飞"的动感。

诗坛上以动衬静的例子更多。比如南朝梁王籍在《入若耶溪》中写下的"蝉噪林逾静,鸟鸣山更幽",就是以动衬静的著名诗例。蝉在噪,鸟在鸣,说明没人来打扰,所以显得山林更加幽静。这里用的是山外人的视角。

宋代王安石后来写了一句"一鸟不鸣山更幽",很是被黄庭坚嘲笑了一番,说他"点金成铁"。其实我们可以把这句诗还原到整首诗中去欣赏:"涧水无声绕竹流,竹西花草弄春柔。茅檐相对坐终日,一鸟不鸣山更幽。"这首诗叫《钟山即事》。作者没有凿险缒幽地玩什么花活,每一句都是朴实地直接描述一个"静"字。终日无语,山中闲坐,这时候山泉无声,山鸟不鸣,才是切实的幽静氛围。倘若此时加上了鸟的鸣叫,反而打扰了山中的幽静。只有习惯了百鸟喧鸣的环境,突然听不到鸟鸣了,才在对比中更真切地感觉出山中的幽静。这种感觉是山里人的感觉。

荆钗布裙，常被忽视；胭脂红粉，更博眼球。但天真质朴之美，才是恒久本色之美。

实际上"一鸟不鸣山更幽"这种改写，在诗坛上并非孤例。比王安石大二十余岁的诗人王信，曾写过一首《题石洞书院》，结尾两句就是"晚来得趣无人解，一鸟不鸣山更幽"。比王安石更晚些的葛立方，也写过"青萝层层兮深岩绝壁，一鸟不鸣兮山更寂"。元初的丘处机写过"万株相倚郁苍苍，一鸟不鸣空寂寂"，明代的黄仲昭也写过"一鸟不鸣山更寂，千林增翠雨初收"，显然这些诗人都没把黄庭坚的批评放在心上。

神秀和慧能辨禅，一个说"时时勤拂拭，莫使惹尘埃"，一个说"本来无一物，何处惹尘埃"，人们公认"本来无一物"比前者更加高明。同样道理，鸟的啁啾衬托出来的幽静，毕竟还是"时时勤拂拭"的层次。一鸟不鸣，才真正达到"本来无一物"的境界。

山的"幽不幽"，不能靠鸟的"鸣不鸣"来界定，而是由山自己来展现的。最高的技巧，还当真就是无技巧。

我献"推敲"另一说

我国古代诗人对待创作,常常刻苦铸字炼句,反复琢磨修改,苦吟不辍。诗坛上流传不少苦吟的故事,比如杜荀鹤说"生应无辍日,死是不吟时",卢延让说"吟安一个字,拈断数茎须。险觅天应闷,狂搜海亦枯",贾岛说"二句三年得,一吟双泪流。知音如不赏,归卧故山秋"。明代人张岱也在《夜航船》中说过:"孟浩然眉毛尽落,裴佑至袖手皆穿,王维则走入醋瓮,皆苦于吟者。"诗人以艰辛的艺术劳动和追求严谨的创作态度赢得尊重,但是苦则苦矣,也要注意两点,一个是不能造假,一个是不能失真。

贾岛著名的"推敲"故事中的"僧推(敲)月下门",究竟是用"敲"字还是用"推"字?据说最后在大文学家韩愈的参与下才定为"敲"字,说是敲字更响亮。但也有后世学者怀疑韩愈的修改是否真就那么妥当。比如朱光潜先生就比较欣赏原来的推字,认为"推"字表示孤僧步月归寺,门原来是他自己掩的,于今他推。他须自掩自推,才足见寺里只有他孤零零的一个和尚。在这冷寂的场合,他有兴致出来步月,兴尽而返,独往独来,自在无碍,他也自有一副胸襟气度。朱先生认为"敲"就显得拘礼了些,也就说明寺里有人应门。朱先生说:"他仿佛是乘月夜访友,他自己不甘寂寞,那寺里假如不是热闹场合,至少也有一些温暖的人情。……就上句'鸟宿池边树'看来,'推'似乎比'敲'要调和些。'推'可以无声,'敲'就不免剥啄有声。惊起了宿鸟,打破了岑寂,也似乎平添了搅扰。"

自唐而下的历代文人,围绕"推敲"二字争执不下。他们各发宏论,也各有高见,但无论是推派还是敲派,人们大多从文本表达和诵听效果的角度上讨论"推敲",却没有提到过诗的题目是《题李凝别居》,没有考虑过"题李凝别居"这个具体题目所规定的实际语言空间和情感环境。

既然诗题用的是李凝别居这样的真名实姓和真实地址,就证明全诗不是虚构的,意味着事件的时间、地点、人物、起因、经过和结果都有了明确的界定。这就要以真实语境为基准,每个具体的动作细节必须合乎客观的实际生活,敲字和推字的事实基础是有很大区别的:李凝别居晚上插不插门闩?锁不锁门?如果插上了门闩,就用敲字;如果不插门闩,就用推字。这才是取舍的关键。诗题中的李凝别居既然是真实的,那么诗句中的情感脉络、活动细节也应该是真实的,要合乎李凝别居的具体场景实际和逻辑条件。文字的具体取舍,不能脱离第一手的基本事实依据。失真,就等同造假了。

"推敲"之疑,其实是个不必"疑"的命题。我们虽然无法穿越到古代去验证,而当事人贾岛自己心里却应该是非常清楚的。选推还是选敲,是他自己在那里故弄玄虚,把一个简单的动词搞得历史性地复杂化了。

为什么"桃花"更惊悚

据周笃文老师回忆,他的老师夏承焘先生曾就"鬼灯一线,露出□□面"让大家填空。"□□"填哪两个字呢?有学生说"鬼灯一线,露出狰狞面",有学生说"鬼灯一线,露出血盆面",有学生说"鬼灯一线,露出獠牙面"。然而最后夏先生提供的答案却是"鬼灯一线,露出桃花面"。桃花二字虽美,用在这里却举重若轻,更铺垫和反衬了惊悚的感觉,而且增加了想象的余地。诗词的修改,一定要记得删掉那些概念化的、生硬的词语,也要避免人们用熟用滥了的腔调。

因为先入为主的错觉,我原来一直认为"鬼灯一线,露出桃花面"是夏先生自己的词句。后来读清代黄仲则先生的词集,才知道是出自黄先生的《点绛唇》,全词如下:"细草空林,丝丝冷雨挽风片。瘦小孤魂,伴个人儿便。 寂寞泉台,今夜呼君遍。朦胧见,鬼灯一线,露出桃花面。"全词应该是表述相思和怀念亡人之作。所以作者这里用桃花面,本义大概不是为了表述惊悚,而是为了表示女性的姣好容颜。不过如果单独作为一个填空题的题目,夏先生的讲解,则让我们对诗词的修改有了更多的感悟。

古往今来，诗人们在诗词修改方面下了很多功夫，这也是写作的最后一个环节。房子盖好，总要装修之后才能入住。我们来看姜夔的"渐黄昏，清角吹寒，都在空城"，这里的"吹"用得多么美妙，仿佛阵阵寒意从角声中透了出来。再请看苏轼的"缺月挂疏桐，漏断人初静"，一个"挂"字，一个"断"字，前者把静景写出了动感，后者把平静写出了尖锐。再请看周邦彦的"风老莺雏，雨肥梅子"，把"老"和"肥"这两个形容词变成动词来用，既添加了灵动的韵律，又突出了意象的质感。再请看辛弃疾的《临江仙·探梅》："老去惜花心已懒，爱梅犹绕江村。一枝先破玉溪春。更无花态度，全有雪精神。 剩向空山餐秀色，为渠著句清新。竹根流水带溪云。醉中浑不记，归路月黄昏。"这首词里的"态度""精神"和"破"字、"剩"字、"带"字的韵味和魅力，值得细细体味。前两个名词不动声色地把花和雪全部拟人化了，后三个动词营造出一种奇特的流动美，突出了探梅人的愉悦惊喜，也渲染出以动衬静的丰赡绵邈的独特风致，让平凡的山间景色有了不平凡的灵气和情感。

调换上去的词语，其实都是平常多见的词语，而且也多是平常多见的表达方式。其中的温度感和形象美，体现在平中出奇、陈字生新的功力上。

威震诗坛五绝招

走近诗坛上的某些热闹去处,就好像走进某家喧哗的菜市场。但见诸位小贩起劲吆喝,唯恐声音小了,买主就会被别家拉走。哎,可怜这一片片苦心啊。

我愿意在这里为众诗家免费点拨五招,包你一鸣惊人、万众瞩目,不尽声名滚滚来。谨记运用之妙,关键只在炒作二字。愿聪明如君者举一反三,旗开得胜,从此笑傲诗坛。

脸上贴金法

说白了就是抓住一切机会,与名人沾上点边儿。比如有位某某,印了两本砖头厚的情诗"经典",开头全是与名人的合影,用的就是此法。此公早年冒充张志民和雷抒雁给自己写评论,受到过许多名人的批评。近来上网,发现此公的主页上又多了一层光环,叫:"中国当代最有争议的大诗人。"

自我掌嘴法

自我掌嘴的行为虽然有些怪异,但正因其怪异,方能引人注目。自己打自己，当然舍不得使劲，皮肉不疼，响声却不小。书肆近来有本《十诗人批判书》，某某先生在里边现身说法，自己批判自己。那批评越听越像表扬，而且是表扬与自我表扬相结合，正所谓自我掌嘴法是也。

多情种子法

多情种子，招人喜欢。某某某自费印刷一本诗集，开头印自己的照片，结尾印某女士的照片，中间就是献给该女士的一大堆深情。但细读先生自述，始知先生对此女士不过单相思而已。然其不怕酸、不怕嗲的情深深"欲"蒙蒙的可怜相，已足以四海扬名了。

金钱铺路法

某某财主一掷几十万，策划了20世纪"最后"一次大型诗会。该先生邀请了诸路英豪，还说了几句气吞山河的豪言壮语。这次诗会不邀请《诗刊》和《星星》这两家刊物，因为他当年给这两家写稿做贡献，可惜都被拒绝了。财大了，气才粗啊。某某、某某杂志有该财主赞助的诗歌专栏。金钱的魅力令人惊异，比如一头猪吧，浑身沾满金钱，就变成了麒麟。

行为艺术法

有位某某某，带领一帮小哥们儿，借鉴街头贴小广告的经验，在某年某月忽然在某城开展了一场"用诗歌污染城市"的运动。据说贴的有名家名作，也有某某某自己的绝妙好辞。哎，别管什么招儿，先出了名再说吧。

这些招数层次较低，所需智商也不太高，掌握起来估计不难。若您不甘寂寞又不怕无聊，不妨择其一二，起而代之。正所谓，王侯将相，宁有种乎？古人云，汝果欲学诗，功夫在诗外。同样写诗，人家风风光光，为什么您却有些门前冷落车马稀？查其源，盖诗外功夫少之故也。

内心清明，自成高格

前些时过清明节，心里多次想起宋人黄庭坚的那首七律《清明》，其中"雷惊天地龙蛇蛰，雨足郊原草木柔"这两句优美动人，受到很多人的喜爱。而接下来的"人乞祭余骄妾妇，士甘焚死不公侯"这对比鲜明的两句诗，我认为更加令人深思。

在这里，诗人由春日美景联想到荣枯生死的严肃命题，进而深入思索生命的不同意义。每个人的品格不同，其人生道路和价值也就犹如云泥。

有人格者，才有诗格、文格。清代学者王国维在《人间词话》中说"有境界则自成高格"。格的高低，区分出人的轻重和厚薄，也成为评诗论文的一个重要尺度。好的作品都是有核的。格，就是作品的核。有了核，作品才有生命力，才有根，才能在别人的心中展枝、萌叶，开出美丽的花朵。

唐代诗人杨敬之在称赞诗人项斯时说"几度见诗诗总好，及观标格过于诗"，唐代皎然在《诗式》中有"气格自高"的说法，宋代欧阳修《六一诗话》中有"气貌伟然，诗格奇峭"的评论。就连被视为婉约派的宋代词人柳永，其作品中也多次出现"属和新词多峻格""雅格奇容天与"等与格相关的词句。

而今天的某些作家,则多重作品的辞藻,重奖项,重"先锋性""现代性",而少有关心格高格低的问题。甚至有作家以放浪狂狷、矫情作态为时髦,以跑奖买奖、互相吹捧为能事。然而,一个作家如果没有了人格,其实也就没有了文格。即使是通过手段荣获了某某大奖,或是因为某种出格的"表演"浪得声名,可是别人评价起来,也可能会一言以蔽之:"格低!"

气有清浊厚薄,格有高低雅俗。格的高低,还是由心的清浊决定的。一个心境清明的作家写出了好作品,即使没有获过什么奖项,人们照样会记住他、尊敬他。而以人格尊严为代价来获取荣誉的行为,则肯定会使作家自己的形象更猥琐,更可笑。

"格",闪耀着生命的光辉,照耀着脚下的道路。有时候需要忍受冷漠和孤独,需要经历风雨和泥泞,更需要用坚硬的骨头和滚烫的心灵来追寻和捍卫。

华而不实，耻也！

古人有言："华而不实，耻也。"从事诗词工作的人，更要坚持实事求是的精神，力戒浮躁，静下心来，埋头耕耘，谦虚大度，抱朴守素，不为浮名所累，不受虚名所惑。

近段时间以来，梅葆玖、李世济、陈忠实、郭颂、杨绛等诗词名人相继辞世，引起世人诸多怀念和感叹，也再次引起坊间对文艺界"大师级"人物的热切呼唤。梅葆玖先生一生致力于梅派艺术的传承和发展，在京剧界举足轻重。可是当有人称他为大师的时候，他却说："我不是大师，我父亲才是。"梅葆玖先生这种清醒的"大师"观，令人尊重。

记得季羡林先生生前在婉拒了"国学大师"等大帽子之后说过："身上的泡沫洗掉了，露出了真面目，皆大欢喜。"真正的大家是不惧怕洗掉"身上的泡沫"的。而与之相反，诗词界却也有另外的某些人，对"大师"等"大头"帽子情有独钟，甚至痴迷其中。放眼当今诗词界，各种名目的大帽子林林总总，确实是蔚然大观：书画大师、语言大师、国学大师……其中，甚至还能区分出金奖大师、银奖大师、铜奖大师，或者什么国际级大师、全国级大师、省级大师……这些"大师"的"发行量"越来越大,"订数"似乎也越来越多。如此浮躁的"大头"帽子纷飞不绝现象,令人喷饭之余,更有深深的忧虑。

除了"大师",各种名目的协会、学会在当下文场似乎也是层出不穷、大行其道。仅就书画而言,在民政部曝光的各种山寨协会中,就不乏中国书画家交流协会、华人国际书画名家协会、中国国家书法家协会、中国国家美术家协会、中国国际书法家协会、中国美术艺术家协会等各类"国字头"甚至"国际化"的吓人名头。书画家之间以结社雅集等方式进行的切磋交流,当然是有益的,但近年来各类戴着"大头"帽子的山寨协会、学会的活动则变了味道,充满铜臭和酸气,混淆了名实关系,败坏了文化风尚。考诸艺术精神、创作品位、个人品德等方面,似乎都留下了很多的疑问或者空缺。一些所谓大师和所谓学会、协会组织,在炒作和策划之下登高一呼,似乎也有"应者云集"的表面喧哗。但是,浮云或许遮望眼,终究坚冰怕太阳。洗净那些"身上的泡沫"之后,恐怕就会露出皮袍之下的各种"小"来了。

唐代诗人刘禹锡在《陋室铭》的开头写道:"山不在高,有仙则名;水不在深,有龙则灵。"有仙,"名"才实;有龙,"灵"才显。只有名实相副,才会实至名归。在人才队伍的建设中,诗词领军人才具有特殊的感召地位和标志意义。一个杰出的诗词人物,往往能够推动一个重大的艺术飞跃,乃至改变一个地区、一个时代的诗词生态。但是,大师的产生需要优秀作品的累积,需要德艺双馨的公众认同,也需要一定的环境因素和时代机遇。我们不能按照主观愿望制造大师，不能按照长官意志去分配大师名号，更不能花钱购买大师名号。我们的诗词工作者对自己进行高标准的严格要求的同时，树立写出好作品、完成大课题、成为诗词大师的雄心壮志，当然是应该得到鼓励的。但前提是要深入生活、扎根人民，要不断学习、开阔视野，要积累经验、提高素质，要加强修养，要德艺双馨，要用自己有温度、有道德、有筋骨的作品来立德立言。

当然，红花还要绿叶扶。不能成为红花，做一片输送氧气净化空气的绿叶也是很有意义的事情。印度诗人泰戈尔说："果实的事业是尊贵的，花的事业是甜美的，但是让我做叶的事业吧，叶是谦逊地专心地垂着绿荫的。"老戏剧工作者们都熟悉"一棵菜"精神这个老词。每一位从事文化工作的人，不一定都能成为大师，却都能够成为一片绿叶，为我们的春天增加一抹烂漫的亮色。希望诗词界多一些筚路蓝缕的真实开拓，少一些华而不实的"大头"帽子；多一些实事求是的真诚批评，少一些言不由衷的廉价赞美；多一些脚踏实地的勇敢实践，少一些装腔作势的高谈阔论。

那些"大头"帽子，且慢戴罢！

《孙老百年祭》缘起以及诗题略说

五届同心所以成，一声孙老万千情。
彩云易散青山在，剑气难销笔阵横。
鞭趁春风催骥足，旗开晓日奋鹏程。
骚坛接力薪传火，更向高峰高处行。

这是我写的一首纪念孙轶青先生的诗。我习惯于如老先生生前那样称呼他"孙老"，所以题目取为《孙老百年祭》。

2022年3月15日，是孙轶青先生诞辰一百周年纪念日。3月17日，是孙轶青先生逝世十三周年纪念日。所以3月16日下午，中华诗词学会在京举行了一场"纪念孙轶青先生诞辰百年诗词朗诵会"。活动选在孙老诞辰日和逝世日中间举行，寄托着大家对老先生的一份特别的深切怀念。

孙轶青先生参加过抗战，文武双全，所以我在诗中提到"剑气难销笔阵横"。他曾担任过《中国青年报》社总编辑、《人民日报》社副总编辑，晚年长期担任中华诗词学会的会长，为中华诗词的复兴发展奔走呼号，忘我奉献，为当代诗词的复兴振兴和繁荣发展，做了许多踏踏实实的实际工作。他在学会工作，不拿一分补贴，他作为中国书协理事，给人写字从来不收润笔费。他个人还经常把自己的钱交到学会，为诗友们办各种事情。中华诗词学会到今天已经是第五届了，今天我们纪念孙老，同时更要传承孙老的品德和赤忱，推动当代诗词继续向前发展，向高峰攀登。所以我在结尾说"骚坛接力薪传火，更向高峰高处行"。我现场参加了学会的朗诵会，并朗诵了这首《孙老百年祭》。第二天，我的这首习作和诸位同仁的作品一起刊发在学会公众号和《中华诗词》杂志的公众号上。不久，我收到江苏诗友杨学军先生的一个疑问，他说："您好！'百年祭'，似有'纪念逝世百年'之歧义？"

关于学军先生提出的问题，我个人认为，汉语诗歌是有省字传统的。"百年"二字正是这样一个缩略语，可以是"逝世百年"，也可以是"诞辰百年"，可以交给读者根据情境去进行相关解读。随后，我也找到网上一些相似题目的相似用法，如朱晶先生的《公木百年祭》，另外还有《新文化运动百年祭》《中国新诗百年祭》等等例证，也查到日语"百年祭"的中文翻译就是"一百周年纪念"的意思。我和学军先生进一步交流，学军先生回复道："您说得没错儿。我是说，在这里用这个字（包括您举出的例子）本身就是有歧义的。"他接着说道："如果坚持'祭'字有'纪念'之意，可以用来纪念其诞辰，那么，为什么当一个百岁老人还健在的时候，就不可以为其搞个'百年祭'呢？"

学军先生的回复，也引起我进一步的思索。我想了一下，回复学军先生说:"不是我坚持某字有某含义,是祭字本义就是祭祀、纪念,《说文》注的就是'祀也',这个字是对于逝者而言的,至于涉及生者,当然不能套用。这个字在这里应该是没有歧义的。具体到您说的歧义,我估计是指对'百年'的理解。其词释义颇多,字面本义就是一百年。在这里可取做诞辰的简称,也可取作逝世的简称。都有例证在用,都不能算错。我取意,择其一。'百年'意,也类此。这正如新韵旧韵,可取新取旧,不是非黑即白。——以上是我的看法。这也正如咱俩的看法,可取杨取高,不是必杨必高。"学军先生接着回复:"其实,这并非对错之争,而是是否妥帖之辩。"

我和学军先生的友好交流至此结束了,而我们大家对孙老的绵绵思念,则继续流向未来,流向遥远,流向无数颗热爱诗词的心灵……

文言重现的文化思考

"静以修身,俭以养德,于此治德;天下为公,心怀光明,以此处世。吾辈当秉承先民之志,经身涉世,辟于其义,明于其利,达于其患,其此之为乎?"这是江汉大学大三学生张力用文言文写就的一篇文章中的几句话。近日,此文经媒体报道后,受到很多人的赞扬。武汉一中一位语文教师说:"教了几十年文言文,有一个最大的感受:现在的学生,文言文水准每况愈下,更不要谈动手写文言文了。该生句式段落整齐,中心突出,真可谓佳作!"

"文言"作为书面语言,是相对于"白话"而言的。"文言文"的意思就是指"用书面语言写成的文章"。新文化运动以来,文言文逐渐退出文化中心位置,白话文逐渐成了舞台上的主角。而文言文甚至后来连文化配角的地位也没有了,只能沦落为偶尔跑个龙套的尴尬点缀。近年来,文言文写作才又重新进入人们的视野。高考试卷中不断有文言作文取得高分的报道,《光明日报》的"百城赋"专栏更是引起社会各界的广泛关注。前些年,新浪网还曾专门举办过全球华裔文言写作大赛,大赛共收到参赛文章五千六百九十四篇，最后获奖的作品《后进学解》《游思赋并序》《薄欢集》等也都颇受人称道。文言写作的重现或曰回归，已经日渐成为一个值得深入思考的文化现象。

新文化运动的历史推动作用是客观存在的，白话文的兴起也是文化演进的必然结果。武断地将白话文归于文体"卑下"，固然不对。但是，伴随着白话文的蓬勃兴起，就把文言文写作从现当代人的文化生活中驱逐出去，则更是没有必要。人们经常引用"引车卖浆之徒所操之语"这句话，作为林纾先生反对白话文的证据。但查其出处，林纾先生写给北大校长蔡元培先生的《答大学堂校长蔡鹤卿太史书》中的原文其实是这样说的："若尽废古书，行用土语为文字，则都下引车卖浆之徒，所操之语，按之皆有文法。""凡京津之稗贩，均可用为教授矣。"可见，林纾先生原文有个假设性的前提，即"若尽废古书，行用土语为文字"。如果准确完整地联系上下文，尤其是注意到这个"尽"字，我们就会发现，林纾先生的观点作为一种学术见解，基本上是可以自成一说的。

1980年初秋的一个傍晚，一些青年诗人和老诗人流沙河坐在一大片钻天杨树下面聊天。流沙河说："试以眼前真实景况，写诗一首，要求诗中必须包括这些内容：一，季节是秋；二，时间是傍晚；三，钻天杨树很高；四，风在吹着；五，蝉在叫着。请一位自命为现代派的诗人来写吧，拖拖沓沓，堆砌定语状语，不知道该写多少行。如果我来写，一个内容写一行吧，也该写五行。我们的老祖宗，南宋的姜夔，只用一行便将这五个内容包括完了。那一行是：高树晚蝉，说西风消息。"他这里引用的"高树晚蝉，说西风消息"虽然是诗词，不是文章，但从中仍然可以看出传统文言的语言魅力。

　　文言文简练、凝重、典雅，是中华文化的优秀传统之一。现代文化理念的一个可贵观点就是对多样性的充分尊重和保护。无论是喜欢也好，不喜欢也好，都应对个性的坚持和创新的努力给予必要的理解和鼓励，而不应该加以粗暴的打压和贬抑。毕竟一花独放不是春，万紫千红春满园。各种文体争奇斗艳，各美其美，和而不同，美美与共，才是文化百花园里的和谐景观啊。

从传统诗词首获"鲁奖"谈起

2014年8月11日,第六届鲁迅文学奖揭晓,四川诗人周啸天教授的诗词集《将进茶》摘得本届诗歌奖,引起社会各界尤其是诗词界的极大关注。这是传统诗词作品首次获得该奖,可说是传统诗词从复苏走向复兴,从复兴走向振兴过程中的一个很重要的事件。尽管评奖结果尚有某些不尽如人意之处,包括无可避免地留下了一些遗珠之憾,但过去很少见的新、旧体诗同场竞技、公平竞争的文学景观,确实是一种令人欣慰和欣赏的和谐艺术生态,相信对我们的诗歌事业也会产生一些启示性的积极作用。

当代传统诗词整体性崛起所引发的广泛影响,相信是评委会向当代诗词敞开大门的重要原因之一。旧体诗词简练、凝重、典雅,把汉语的声韵美、形式美推向了极致,是汉语言中最美丽的艺术花朵,文脉绵长、福泽深远,诗家本无种,阳光谁也不能垄断。新旧体诗人笔下的诗歌形式虽有区别,但大家所处的生活和时代却是共通的,两者之间有个共同的名字,这就是"诗"。目前喜爱传统诗词、阅读传统诗词、创作传统诗词的人越来越多。诗词写作的重现或曰回归,并不是对既往新诗写作的简单否定,而是有益的调节和科学的补充。诗词新潮的当代汹涌,早已经超越了单纯的诗体回归话题,而更具有了一种别具风姿的传统文化的象征意义。

不以诗体论英雄,而以质量分真伪。不以身份论优劣,而以内容看高低。周啸天教授曾经写过一篇题为《敬畏新诗》的长篇论文,呼吁旧体诗词作者重视新诗的一些长处和优点。他自己的诗词作品也有着很强的现实感和在场感,质朴清新、生趣盎然,洋溢着"当代人的风貌和精神价值"。他的作品采用的虽是旧酒瓶,装的却是新的佳酿,其中更多的是生活细节和原生态的社会情感。《将进茶》获奖,不是因为诗人采用了传统诗词形式而受到"为少数民族加分"般的特殊"照顾",主要更是因为诗人用传统诗词表现当代生活所进行的艺术努力和美学创造。

如今写诗,是吟风弄月还是关注民生?是思想发现、艺术创造还是消遣解闷?当下的中国诗歌,是走在一条光明大道上还是崎岖歧路上?的确是无论新诗作者还是传统诗词作者,都应该认真审慎地思考一番了。优秀的诗歌作品绝不仅仅是辞藻层面的、技术层面的,而更应该是生活化的、开拓型的、建设性的。第三届中国诗歌节的时候,我曾写过一篇文章《诗歌啊,请你"回家吃饭"》,其中"回家",就是指回归传统,走向大众;"吃饭",就是指关注民生,亲近现实……就当下诗歌界而言,我觉得尤其应该注意的仍然就是"回家吃饭"问题。一方面不能片面追求所谓的艺术品位,不问民生,不下基层,不近实际,使大多数人民群众无法分享诗人的文化创造成果;另一方面,也不能妄自菲薄民族文化传统，不能满足于克隆洋经典，扮假洋鬼子，食洋不化，挟洋自重，使诗歌艺术失去了民族传统文化的沃土深根。

好诗人去哪儿？我认为首先应该回家吃饭，补充营养和能量，然后，再重整行囊，出发！

警惕诗坛的"灌木现象"

跟诗友谈诗,我经常说起一种"灌木现象"——某一年去南方某地采访,汽车颠簸在盘旋的山路上,五个小时的时间里,近距离地接触了那片陌生的山水,同时也发现一个奇异的现象。那里的山峰远远看去郁郁葱葱、春意盎然,走近些看却只是一片片低矮的灌木,没有一棵参天大树。同行的朋友告诉我,这里的山因为过去乱砍滥伐,曾经是一片秃山。后来飞机航播了树种,才长出现在这些小树。可是因为这些小树之间互相拉扯纠缠,终究谁也没能长成"出群材"和顶梁柱。而且,更让林业部门伤脑筋的是,无法再航播新的树种。因为新的种子落在这些密密的灌木里,不等接触到土地就被晒干了。而侥幸落到地面的种子,又因为林子太密,见不到阳光,也慢慢地霉烂了。这样,这一带就出现了这种奇异的"灌木现象"——猛一看春色很深,很热闹光鲜,细一看却只是一堆又一堆的柴火料。

这种"灌木现象"让我联想起诗坛,心里颇有些忧虑。

现在诗坛上总是不乏所谓事件或争论。还有人喜欢套用金庸笔下"华山论剑"的说法,来称呼某某地发生的所谓诗歌争论是

"某某论剑"。诗人与诗人"论剑"、流派与流派"论剑"、流派自己内部也激烈"论剑",旗帜满天飞,板砖到处拍……自恋的诗人以否定一切为能事,以骂倒别人来显示自己的高明。他们似乎并不在乎自己的水平到底如何,在乎的只是被人关注的那种感觉……仿佛不"论剑"就没人关注,可是越"论剑"却越没人关注,彼此争来斗去,只留下一丛丛拉扯纠缠的灌木丛而已。

一些热衷"论剑"的诗人对自己的人格修养、道德操守、诗学品位、知识水平鲜有反思,却自以为诗歌可以成为头顶上高雅的光环,使自己成为高人一等的精神贵族:自以为狂虐、放诞就是潇洒,自以为偏颇、偏激就是个性,自以为简单、片面就是纯真,自以为痴迷、偏执就是执着……可是,请问,谁给了你们这种特权?

一个好诗人的任务是写出好作品,而不是显示拍"砖"本事的旁门左道。一个好诗人让人们能够记住的是好作品,而不是一个个欺世盗名的"砖""家""业绩"。轻佻毕竟不是潇洒,刻薄毕竟不是智慧。在说明自己的理论心得和观点的时候,为什么非要用对别人激烈否定的方式来表达呢?为什么非要用伤害别人的人格尊严来完成呢?我认为这种所谓的"论剑"是一种不好的诗坛习气。无论观点和水平如何,在商讨问题和发表观点时,对别人保持一份应有的人格尊重,可能会使自己的言论更多一些理性和温暖。在一种和谐温暖的友好氛围中交流,比在吵架斗殴的氛围中讨论更容易接近真理,也更让人觉得愉悦和轻松。我并不是说让诗人们都戴上假面具营造一团和气的诗坛假象,因为坦诚的争论中表达出的真挚的声音更加响亮和高亢。但是，如今许多所谓的诗歌"论剑"，摆出的多是摔盆砸碗不过日子的架势，闹出的多是叽叽喳喳山头意气的蓬雀之音。如此简单粗暴的方式，是乡下泼妇骂街和市井泼皮掐架，不是严肃的理论探索和艺术讨论。倘若把自己的诗歌写得像塑料布一样，干干巴巴，生涩枯燥，却还要两眼放光地盯着前面某个宝座上的某一顶桂冠而垂涎三尺，这样的诗人，是什么心态呢？

诗歌本来就是连接心灵的纽带，是传递温暖和友爱的桥梁。谈诗和写诗，应该是一件让人快乐的事情，而不能搞成像是为名为利而战斗的感觉。作为诗歌作者中的一员，我首先要求自己不要满足于做灌木，要把根扎进深深的泥土，在吸取养分和开花结果上多下功夫，尤其不要企图用把周围的人都打倒的方式，来显示自己的高大。无论是松也好，柏也好，杨也好，枫也好……众多的不同名字的乔木都以伟岸的形象友好地站在一起，就是一片调节气候、输送氧气、抗击风沙的郁郁葱葱的大森林啊。

第四辑　秬鬯篇

"青春诗会":当代诗歌的青春年轮

1980年夏,诗刊社组织十七位青年诗作者参加创作学习会。会议的成果在《诗刊》1980年10月号以"青春诗会专号"发表,轰动诗坛。这个青年作者创作学习会后来被称为第一届青春诗会。这个青春诗会除个别年份因为特殊原因停办以外,在诗刊社逐年连续举办了下来,成为诗坛一个品牌,激励和鼓舞着一代又一代诗人成长,并博得了诗坛"黄埔军校"的美誉。

2002年,中华诗词杂志社借鉴诗刊社这一成功品牌形式,也开始连续举办旧体诗词青年作者参加的"青春诗会",同样产生不小的影响。两大全国性诗歌刊物的两个"青春诗会",都分别推出了不少的好作品、好作者,也从一个侧面记录下了中国诗歌的一圈圈青春年轮。

"青春诗会"是新时期文坛一个标志性的文学符号,是一个值得深入研究和思考的文学现象。笔者的作品在1999年入选过诗刊社的第十五届"青春诗会",在2004年入选过中华诗词杂志社的第二届"青春诗会"。自2011年起,笔者作为执行主编、主编连续参与组织了十一届中华诗词杂志的青春诗会。我对青春诗会有着浓郁的切身感受,也有着深厚的个人感情。三十多年过去了,"青春诗会"仿佛还是心灵之间的接头暗号,仿佛还是"青春"之间的一种共同的回忆和感叹。回顾"青春诗会"的发展历史,总结其三十余年来的成就、经验和教训,关注青春诗坛审美理想和艺术情趣的演变轨迹,相信对中国当代诗歌的发展是有益的。

正是对青春诗会的深情回溯,使我再一次重温了生意盎然的青春中国所特有的奋斗和沉思、激情和苦闷、光彩和魅力。

而今述说一个个熟悉的姓名,默诵一行行青葱的诗句,仿佛是在重逢自己的青春记忆。时光风雨会让落英缤纷,也会让另外的一些花朵在怒放的过程中更加醒目,更加芳芬。青年诗人们作为激情和沉思相互交错的年代的文化偶像,虽然没有今天常见的粉丝团、形象包装、个性炒作等等喧嚣的推广形式,却以纯文本的本真姿态,把滚烫的歌谣播撒进难忘的青春岁月,烙印在一代代葳蕤青春的心灵深处。人的青春当然不能重复,却可以因为诗歌的缘故而得到保鲜和升华。

一

新时期以来,新诗和旧体诗词的诗会很多。曾经有一段时间,新诗的参加者一概青春似火,旧体诗词的参加者大多白发如霜,二者很容易分辨。尽管《中华诗词》《当代诗词》《长白山诗词》等著名诗词刊物的发行量不小,但其作者和读者的相对老化现象也越来越突出。难道传统诗词就仅仅只是一拨儿离退休的老头老太太所钟爱的"夕阳艺术"?答案当然是否定的。

2002年,在北京中础宾馆举办的一次旧体诗会却出现了一批年轻的面孔。这是《中华诗词》杂志社举办的第一届青春诗会。与会的十几位诗人来自天南地北,有来自乡村的多情歌者,有来自闹市的隐逸诗人,有在读的博士、硕士,也有大学生、中学生。据当时的《中华诗词》主编,也是曾经的《诗刊》副主编杨金亭介绍,"青春诗会"是从《诗刊》社连年举办的同名诗歌活动借鉴而来。《中华诗词》杂志社打算通过类似的严格选拔、集中改稿、名家点拨、统一亮相等方式,每年推出十二位写旧体诗词的青年诗人,从而打造全新的诗词新军,增加新的血液,推动诗词事业的发展。记得杨金亭满怀信心地说:"十年之后,将这些青年诗人再请回来,将是一个多么壮观的创作队伍。"

中华诗词学会,特别是《中华诗词》杂志社始终给予青春诗会极大关注,对青年诗人的成长寄予了殷切希望。记得在笔者参加2004年那届的"青春诗会"上,当时的学会会长孙轶青告诉我们:读诗、写诗能够深化人的感情,升华人的思想境界,诗是一种美的享受。郑伯农提到某些青年诗作者中的不健康倾向,提醒青年诗人要注意走好脚下的道路。杨金亭则认为好的诗歌要有感情,要有浪漫主义的想象力,要有妙悟。他鼓励年轻诗人们以第一等的胸怀,写第一等的诗歌。

诗歌与青年有着天然的联系,事实上,热爱诗词创作的青年在当今也大有人在。由于中华诗词学会和各地诗歌组织的努力,中华传统诗词正逐渐走向大中小学校园。北京、上海、天津、沈阳、福州、武汉等地近百所大学都成立了以创作旧体诗词为主的校园诗社，不定期地组织读诗会、朗诵吟唱会，并印刷诗页或诗刊，搞得很热火。由上海交通大学主办的"2015全球华语大学生短诗大赛"在短短的五十四天征稿期间，共收到包括普林斯顿大学、斯坦福大学、牛津大学、新加坡国立大学以及香港大学等在内的全球1560所高校2.3万名（新诗17000名、旧体6000名）大学生的投稿。短诗大赛首创文学类比赛直播模式，为数万诗歌爱好者打造了一场盛况空前的线上诗歌嘉年华。根据组委会统计，中国大陆参赛人数排在前十的高校分别是：上海交通大学（574人）、四川大学（348人）、山东大学（245人）、武汉大学（231人）、华东师范大学（200人）、北京师范大学（164人）、中山大学（149人）、南京大学（141人）、浙江大学（136人）和南昌大学（129人）。笔者参加了这次大学生短诗大赛的终评工作。同学们鲜活生动的表达，让我感受到了一颗颗年轻诗心的深情跃动和激情汹涌，让我分享了他们的襟抱、情怀和本真，也让我又一次看到了中华诗词从复苏到复兴，从复兴到振兴的青春写照。如果说一点不足，那就是我感觉部分同学的取材角度还是偏窄，符号化的意象和类型化的情感多了一些。一首好诗，需要有血气的光芒和灵魂的重量。如果只让人注意到优美的辞藻和熟练的手艺，还仅仅是一件出自匠人之手的精致的工艺品。只有加上"襟抱""情怀""本真"等等这样几个关键词，才能拥有活蹦乱跳的生命活力。尽管经过整容的文字光鲜悦目，而终究还不是天然的美——总会露出人工的破绽来。

当然，旧体诗词要想真正青春起来，仅仅有青年的参与，还是不够的。原中国新闻大学教授周笃文先生举例说：有位年轻的女诗人现在写诗，还在自称奴和妾之类。这种现象引人深思。青年诗人写旧体诗，应该维持人的尊严和道德自觉，思想语言不能旧，酸气腐气更不能要。老诗人刘征说："有人主张写旧体诗要讲究原汁原味，'汁'可能指内容，'味'可能指韵味。今天的生活和古人不同，永远不能再有'原汁'，当然味自然也不同。今天的诗人，怎么会有古人的原汁原味呢？"的确，发时代之先声，歌人民之心曲，旧体诗词要真正复兴，就应和今天的老百姓的心灵共振，息息相通，而不能躲到平平仄仄的文字里自我陶醉，更不能在时代的大潮前闭上眼睛……

二

1999年夏天，我去山东聊城参加《诗刊》社的第十五届青春诗会。忘了那次诗会是几天了，反正非常仓促就结束了。如果没有记错的话，好像是会议接待方面发生了一点问题，所以告别的时间只好提前了。印象里，那相聚的时间好像一小截甘蔗，刚刚尝到一点点滋味，却马上就到头儿了。

云水苍茫，浮云万里，以诗歌和青春的名义相聚在一起，虽然又很快分手，各自奔向美好的前程。而且很多人的模样已经记不准了，站在面前也可能认不出来了，但是很多美好的姓名，已经被我写在心里，捧在手里，珍藏在梦里了。龚自珍说，"万人丛中一握手，使我衣袖三年香"。想一想，隔着千山万水来相识，即使是像张爱玲说的那种两条相交的直线，偶一相会，然后就掉头而去再不相逢,也仍然是一种难得的值得珍惜的缘分。而更何况这种缘分还有着诗歌和青春为标识的双重主题。

青春诗会上有过争执吗?有。

青春诗会上有过分歧吗?有。

关于诗歌,我有自己的理解。很多地方,可能也和其他一些诗人们的观点并不相同。对于自己,我有着一份自信的坚持和美好的期许。对于别人,我也很愿意真诚地送上一份温馨的祝福和热情的关注。无论写新诗,还是写旧体诗;无论是先锋派,还是传统派;无论是青春诗人,还是不再青春的诗人,有一点应该永远都是相通的,永远都不应该有分歧的,这就是向真、向善、向美的那颗赤子之心。不以诗篇为生命,而以生命作诗篇。最重要的不是呈现在纸上的五花八门的华丽文字和机敏的小技巧,而是用深深的脚窝在广袤的大地上书写的漫漫人生这首最壮丽的诗篇。

在《诗刊》1999年那届青春诗会的专号上,我的诗歌被排在最后一个。在我发表的那几首短诗里,《即使我是一块冰》被排在最后一首。在这最后一首诗的最后的几行,是这样写的:

> 能和叶儿一起
> 回味开花的快感
> 能和花儿一起
> 体验青春的热情
> 我的心将因快乐

而默默消融

在这动人的风中
我无法再维持我的冷漠
以及我的冷漠的天性
即使我是一块冰
我也和大家一起放开喉咙
太阳你好
你好　战栗着的歌声
温柔而坚定。

青春诗会对我而言已经很遥远了，但"太阳你好"的呼唤在我耳边一直很近。那战栗着的温柔而坚定的主旋律，也一直在我心中回旋，这就是唱温暖的歌，走光明的路，做干净的人。

诗歌使生命像泉水一样清澈、透明、纯净、晶莹。

诗歌很自然地与青春一路同行，和爱一路同行，把一段段生命的记忆，变成一畦畦彩色的风景。心灵的琴弦被拨动了，总是会流淌出旋律的。任何时候，真挚温暖的声音，都会寻找到同一频率和节奏的共鸣。

青春诗会目前已经发展成为中国最具影响力的诗歌品牌活动之一，也是引人瞩目的诗坛盛事，是青年诗人闪亮登场的大舞台和加油站。屈指算来，《诗刊》社从1980年起，已经成功举办三十二届青春诗会，《中华诗词》社从2002年起，已经成功举办了十三届青春诗会。两家刊物的青春诗会加在一起,推出的青年诗人应该不下五百余位了吧?尽管当下青春诗会存在着某种程度的碎片化、同质化、低俗化的缺陷,但是青春诗会的活力和魅力毕竟依然还在。每届青春诗会推出的诗人和作品,都成为与时代同步的诗坛焦点。可以说,青春诗会是中国新时期诗歌的加油站、标本室、晴雨表和接力赛。

"青年诗作者学习会"从1980年7月20日到8月21日就在《诗刊》社举办,《诗刊》社当年在北京虎坊路甲15号办公。参加学习会的青年诗人多数就住在编辑部,少数"走读"。中国诗歌界最有名的诗人和理论家都来到诗会上为年轻诗人讲课,在开放、包容、民主的氛围里进行不同时代心灵之间的坦率交流、尖锐交锋和热烈对话。首届青春诗会除了改稿讨论,还组织大家游长城,看十三陵,逛颐和园,最后在北戴河海滨度过了五天难忘的时光。

变革的社会为诗歌提供了宏阔的思想空间和历史背景,思想解放运动与青年诗人们的火热激情对撞,迸发出了灿烂的思想火花和艺术光芒。青年诗人们既是时代罡风吹送中的双桅船,也是寻找光明队伍中最富神采的黑眼睛。青春诗会突破了各种陈旧束缚和生锈观念,呈现出多元化的审美视角和多样化的文化生态,在各种中西思想维度中闪耀着灵性之光芒。他们带着滚烫的生命意识、创新精神和探索激情完成精神的成长和蜕变,并以五花八门的个性姿态向着中国诗坛列队走来,记录下自己青涩而新鲜的青春体温,也唤醒更多的沉寂而迷茫的青葱岁月。

三

虽然都以青春为旗帜,但是《诗刊》社青春诗会和《中华诗词》青春诗会之间,还是有着较大的区别和间隔。

坦率地说,参加《诗刊》社"青春诗会"的诗人中,很有些人对旧体诗人是抱有成见的。而参加《中华诗词》社"青春诗会"的诗人中,也很有些人对新体诗人是抱有成见的。这其实也折射出双峰并立于当今诗坛的新旧体诗歌之间的一些隔膜和断裂。

旧体诗和新体诗都是诗坛的客观存在。振兴中国当代诗歌,要靠旧体诗人和新体诗人的共同努力。只要是好诗,又何必计较是旧体是新体呢?

因为旧体诗在"五四"以后曾经遇到过一些曲折,所以人们对它在新时期的复兴给予的关注可能多一些,这种"复兴"带给人们的阅读快感可能更强烈一些,美学期待也可能更迫切一些。可是,对旧体诗的这种关注和期待,并不是要否定新体诗的存在。实际上,许多写新体诗名世的诗人,也在写旧体诗。另有一些写旧体诗名世的人,也在写新体诗。他们的创作实践本身就表明,新体和旧体并不是水火不相容的仇敌。一花独放不是春,万紫千红春满园。新体和旧体,何妨比翼飞?

古今诗人是完全可以通过诗歌来传递神秘的心灵密码的。这种美好的心灵密码不仅可以超过空间的局限,而且也能超越时间的桎梏,自由放飞灵魂之翼。越千百年,仍能找到同样律动的节拍。

其实,只要像英国诗人柯尔律治说的那样将"最好的字放在最好的位置",又何必介意是新体还是旧体呢?但丁《神曲》中有一句诗说:"他是诗人,不是写诗的人。""诗人"和"写诗的人"的区别是在思想锋芒和人格魅力上,而绝不会在简单机械的区分诗体形式上。

比如,参加过诗刊社第一届"青春诗会"的青年诗人顾城,曾用新体诗写过一首《一代人》:

黑夜给我黑色的眼睛,
我却用它去寻找光明。

这首诗可以用"庚"韵"翻译"成两句旧体诗:

黑夜锡吾黑眼睛,
吾偏藉彼访光明!

参加过《中华诗词》第一届"青春诗会"的青年诗人尽心,曾写过一首绝句《无题》:

尘缘未了自心知,几度红楼梦醒时。
我是多情天上客,人间随处种相思。

这首诗也可以随手"翻译"成一首新诗:

红楼梦醒,尘缘未已。
几次,又几次?
问谁知我心,
只有我自己!
多情天上,伤心人世。
是你,还是你!
在我心田上,
随处种相思。

当然,顾城和尽心的诗都是名作,实不必改,但通过这种"翻译",带来解读原诗的另一种思路,同时也带给我们一种启发,这就是当代的新、旧体诗之间,其实也有一种心灵密码是可以相通兼容的。

四

我注意到,对旧体诗的非议,许多是由原来写新诗的人士所发出来的。某些底气不足却又气势汹汹的诬蔑性的言论,缺乏严肃的理论准则和清醒的艺术判断力,除了让人感觉到凶悍的话语霸权和语言暴力之外,也真实地暴露了某些人在旧体诗复兴的事实面前所表现出的惊慌失措。

《诗刊》"青春诗会"的成绩有目共睹,《中华诗词》"青春诗会"也因为反映了新的现实生活,注入了新的文化内涵,借鉴了许多新的艺术手法，而得到了众多当代读者的关注。不仅以其创作实绩吸引了众多的读者和作者，同时也成为当代文化的有机组成部分。这些旧体诗人继承了古典诗歌的优良传统，使旧形式与新内容得到完美结合，创造了不少鲜明生动的抒情形象，形成了新鲜自由的创作面貌。尽管有人将旧体诗复兴的文化现象蔑称为复辟，复辟就复辟吧，无论承认与否，旧体诗的繁荣兴旺已经是既成事实。这里"复辟"的不是旧的思想，而是新的美学原则。伴随着这一辉煌热烈的"复辟"进程，音韵、节奏、形式感等汉诗精华又重新回到久违的当代诗坛，并且放射出更加灿烂的光芒。但愿这光芒也能辐射进越来越散漫臃肿的新诗创作中去，为"新兴文化"的延续和发展做出新的贡献。

伴随着社会的变迁，诗歌发展也是动态的，诗歌作者队伍构成也是在不断变化的。21世纪的国民受教育程度，与20世纪50年代甚至需要办扫盲班的时期是不可同日而语的。当时认为"不易学"的旧体诗，对今天的许多中等以上文化程度的作者来说，已经不是什么问题了。至于说这种体裁束缚思想，恐怕也不尽然。今天许多优秀的诗词作品的思想性、艺术性都是得到了很好体现的。郁达夫、聂绀弩等许多现当代诗人的诗词作品，也都有着独特的思想魅力和情感张力，请问他们的思想被这种体裁束缚住了吗？《天安门诗抄》中收入的"四五运动"中出现的许多旧体诗词，如《扬眉剑出鞘》等，同样表达了非凡的胆识和见识，而且其中许多作者都是当时的青年人，请问他们的思想，被旧体诗词这种体裁束缚住了吗？

值得注意的是，在青春诗会蓬勃发展的同时，参加青春诗会的某些新诗人中的各式各样的腐朽思潮也活跃嚣张起来。除了争奇斗狠，就是丑态百出；除了枯涩迂腐，就是浅薄俗媚；除了花里胡哨的陈词滥调，就是无聊空洞的文字游戏。虽然打着新体诗的名义，但却是和新的时代背道而驰的。诗人欧外鸥在1958年曾经说过："'五四'以来的新诗，本来是一次划时代的革命，可是这个革命，却越革越糊涂。尽管他的流派不少，五花八门，但大多数都是进口货（从18世纪到20世纪）的仿制品。如果不是签上中国人的姓名，几乎教人认为是翻译过来的东西……换句话说，'五四'以来的新诗革命，就是越革越没有民族风格，越写越脱离（不仅是脱离而且是远离）群众。"这话或许有些偏激，但欧先生提到的问题，直到今天，非但没有得到解决，并且大有愈演愈烈之势。欧先生的话，值得参加青春诗会的新旧体诗人们重新共同思考。

参加《中华诗词》杂志的"青春诗会"的诗人作品，也有一些脱离现实，盲目泥古、拟古的倾向令人忧虑。思想、感情、语言"三旧"的作品时有所见，一些生僻的甚至确已死了的文言字词，以及那些"徐娘""萧娘""檀郎""香钗""玉貌""红腮"一类俗不可耐的词语，也出现在某些诗人笔下。尤其是某些作者对格律的迷恋，甚至已经衍化为一种不必要的宗教情绪。

汉诗的格律是前人根据汉语言的发音规律摸索出的艺术经验和学术成果，在帮助诗人表情达意尤其是增加诗歌的音乐性和节奏感方面，发挥了很多很好的积极作用。不过，这些格律终究不是判断诗歌成败的金科玉律，更不是诗歌创作的终极目的。无论多么精美的节奏、多么工整的韵律，也只是好诗的手段，而不是好诗的标准。

诗歌就像那个天真活泼的孩子，任何刻意的装饰和做作的规矩，都会败坏和歪曲了那份发自内心的清纯和自然。

诗歌所独具的创造活力，不是来自严苛工稳的格律，而是来源复杂生活的剧烈撞击。每一个诗人，都应该首先诚恳地面对生活，而不是仅仅沉溺在文字平仄和韵律上下功夫。

我欣赏这样的写作，因为它表达的是真情实感，说的是心里话，就像地里的小野花一样，虽然小，但有自己的色彩和芳香，不是塑料花。

五

"青春诗会"的美丽，是伴随着中国文化建设的生动实践而陆续展现的。其中有经验，也有教训。如果没有创作支撑，没有理论创新，也就没有后来的发展和壮大。两个"青春诗会"都是当代中国文化的重要组成部分。它们的形成发展有共同的青春背景和时代基础，有共同的创造理念和美好目标，有共同的发展动力和完善期许，更重要的是，有一个坚定不移的共同的根本目的——塑造高尚人格。

当前，经济体制、社会结构、生活状态等都有着深刻的变迁和调整，人们的内心世界也变得日益多元和多彩。生活中的确并不是没有缺憾，正如阳光下也并不是没有阴影，但是诗歌作品的作者应该传播的是什么价值观？应该站在阴影里还是阳光下？应该采用什么样的视角，表达什么样的思想？这是颇值得深入探讨的关键性的时代课题。

一段时间以来，从"青春诗会"作品中看到过某些经过渲染了的人性中的恶，那种恶之花盛开在办公室的残酷争斗中，嫁接在离奇爱情的玫瑰枝条上，甚至生长在亲戚、朋友、夫妻之间的各种生活细节之中。这些"躲避崇高""吸引眼球"的作品也博得不少粉丝儿的热捧，但是实际上，我们的生活本身并不是那样冰冷和淡漠的。人们的心灵不是那么坚硬，生存环境不是那么险恶，社会现实也并不是那么处处都是陷阱和荆棘。文艺首先应该发挥引导社会、教育人民、推动发展的功能，要把最好的精神食粮奉献给人民，要塑造高尚人格，要播种春天的温暖阳光和芬芳花朵，而不是渲染冬天的冰冷霜雪和肆虐寒风。

用春天般的眼光去看世界，呈现在面前的就是一片繁花盛开的多姿多彩的奇景；用冬天般的眼光去看世界，呈现在面前的就是一片苍白灰暗的荒凉和颓败。为什么不用美好的心灵去感悟世界呢？

如果浑身飘散着痞气、俗气、江湖气，在文艺舞台上泼皮牛二般撒野，不仅对健康的文化建设和繁荣不利，而且对个人事业的发展更是有害无益。这种"狼性"有可能伤害别人，但更可能回过头来伤害自己。

新旧体诗界的两个"青春诗会"，完全可以互相学习，友好竞争，长期共存。新诗尽管有各种缺点，但是这种诗体完全可以继续调整自己前进的脚步，用自己的色彩和芬芳在诗坛上展现自己的魅力。新诗主体论可以休矣，旧体诗主体论更是完全没有必要提倡。白桦先生有一句新诗说："阳光，谁也不能垄断。"是的，诗坛，也应该是谁也不能垄断的。正如著名诗人洛夫先生所言："写新诗与写旧诗的朋友应相互尊重各自的选择、各自的兴趣，但我今天在这里必须呼吁，写现代汉语诗歌的朋友在参照西方诗歌美学，追求现代或后现代精神之余，不要忘记了我们老祖宗那种具有永恒价值的智慧的结晶，真正的美是万古常新的。"

说到两个"青春诗会"的关系，我想把话题说到京剧的四大名旦那里去。四大名旦中，程砚秋的唱，尚小云的棒，荀慧生的表演，都各有特色，各放异彩。后三个人的排序究竟谁前谁后，学界似乎有一定争议，但唯一没有争议的是梅兰芳先生一直排在第一。梅先生不是胜在哪一点比别人好，而是胜在综合素质高明。梅派艺术被称为"璞玉浑金"。青年诗人应该有棱角，有锋芒，但"青春诗会"的组织者则应该有那种"璞玉浑金"的特质。我们的"青春诗会"确实是一个全国性的诗会，诗会搞的是五湖四海，而不是某个地方或某个小圈子里的"帕提"。这个诗会要有海纳百川的胸怀和气度，能团结各方面的力量，也能够倾听和宽容不同的意见和声音。不是哗哗流淌的小河，而是波涛浩渺的沧海。

六

"青春诗会"常被称作诗坛黄埔军校，两家刊物"招生方式"目前都由"推荐入学"改成了"公开征稿招考"。比如近年两家开始向社会发出公开选拔下一年"青春诗会"作者的通知,请青年诗人在规定时间里投寄参选作品,凭作品说话,然后经过初试和复试等等各轮竞争,之后再参加"青春诗会"的大考。这种一年一度的"诗歌高考",作为一个引人注目的文化事件,社会影响也越来越大,同时也因选择范围和评判视野的开阔而更加公平和透明。以前"青春诗会"曾有超龄诗人与会的现象,这些人的作品和人生阅历可能确实更成熟一些,但希望以后青年诗人的年龄还是应该向更年轻的诗歌作者倾斜,最好不要有超龄的诗人参加。这样"青春"二字才更名副其实。

另外,除了开始的几届"青春诗会"之外,近些年的"青春诗会"内部交流多,而与编辑部以外的诗人的交流少了。我认为,除了青年诗人自己之间的交流和探讨,今后的"青春诗会"还应多提供一些与会诗人与各种观点的前辈诗人交流的机会,让他们感受各种美学观点的冲击,提高自己鉴别、欣赏的理论素养。其实可以邀请前辈来讲课,也可以是登门拜访的形式。

两家刊物最近几届"青春诗会"的作品,我都认真阅读,感觉大家都很有才华,艺术质量也很稳定,但美中不足的是彼此之间的差异性很小,缺少美学反差。以《诗刊》"青春诗会"第一、第二届为例,那时的青春诗会真是五颜六色,其中有口语化的,也有古典加民歌的;有政治抒情诗,也有自我情感的表达;有明白如话的,也有朦胧艰深的……这些作品放在一起,所形成的巨大反差不仅更清晰地反映了当时的青年诗歌美学走向和艺术成就,同时也吸引了更广泛的不同阅读兴趣的读者的注意。有特色的作品可能也有明显的缺点和不足，比如才树莲和新土两人的作品，他们也因鲜明的特色成为只属于自己的一种美学风景。

作为青年诗人的诗歌盛会，两家各自都是清一色的新诗和旧体诗。如果将来两家"青春诗会"中都能出现对方的异质元素，甚至两家的"青春诗会"如果能有机缘放在一个共同的场域互相打擂台、各自展风采，或许将成为一个有趣的文化亮点。现在青年诗人的文化水准普遍较高，旧体诗词的格律之类对他们来说并不是太难，而且也确实有一大批这方面的青年作者活跃在诗坛上。旧体诗词在文字推敲上的要求更严格，所需的文化底蕴更深，所下的功夫也更大，盼《诗刊》和《中华诗词》杂志能够继续支持青年诗人们在这方面的美学探索。

一年一度春风好，年年岁岁诗兴浓。欢迎新诗友，不忘老诗友，"青春诗会"的队伍越来越长，"青春诗会"的朋友越来越多。"青春诗会"的大树又增添了一圈圈坚实厚重的年轮，我们的精神家园建设又掀开了丰富多彩的崭新一页。传统诗词酝酿青春冲动，青春节拍展现古典风采。子在川上曰，"逝者如斯夫"。就笔者参与较多的《中华诗词》杂志的"青春诗会"来说，从2002年到2016年，十几年来，我们见证了中华诗词事业的发展轨迹，参与了中华诗词事业的奋进历程，也为推动中华诗词事业的蓬勃发展奉献了我们的激情、汗水与绵薄之力。而今，《中华诗词》杂志影响日增，日益成为当代中国文化的一张闪光的金字招牌。与之相伴，《中华诗词》"青春诗会"也成为诗词界最具规模和水平的全国性的青年诗人盛会。新的时代，新的机遇，新的生活，新的问题，呼唤新的诗篇，成就新的经典。让我们静下心来，共同努力，克服诗词界有高原缺高峰，有数量缺质量等等不如意的缺憾，推出更多无愧于民族、无愧于时代的文艺精品。让我们满怀信心和勇气，去迎接中华诗词事业发展的更加美好的明天。

七

前些年，著名的九叶诗人之一的郑敏先生曾经在《文学评论》发表的《中国新诗八十年反思》一文中，郑重提出了新诗向古典诗学习的命题。她说："中国新诗如果重视诗学研究，首先应当发掘古典诗学中的精髓。"她认为新诗应该从"结构的严紧""对仗""炼字"等方面"向古典诗学习"。郑先生这里提到的是古典诗，并非当代人创作的旧体诗，但也使当代旧体诗人进一步增强了对这一诗体的自信心。其实就当代旧体诗人而言，也需要向新诗学习许多新东西，比如青春的朝气、创新的勇气、全球化的视野、东西文化的对接、活泼自然的灵思和清新活泼的口语化努力等等，都值得当代旧体诗人们加以借鉴和深思。

涉及青春诗会的话题，我还想对无论写作新诗还是旧体诗词的青年诗友们多嘱咐几句话，以下仅供参考。

"诗歌精神"，是诗人们心灵深处闪耀出的耀眼的光芒，但是"诗歌精神"并不是什么弱不禁风、超然世外的神秘玄妙的东西，不是贴在诗人们高贵的额头上的精神标签。它的具体表现其实是很实在的，辐射范围也应是很广泛的。

诗歌精神如果是做一个"不知有汉、无论魏晋"地把头埋进沙砾中的现代鸵鸟,这样的"诗歌精神"的内容就足以引起人们的怀疑,其丰富鲜活的理论内涵就有可能在窒息中成为迂腐的思想教条。它促使我们置身于沸腾的迅猛行进的生活行列中,真实地去感受人民群众劳动、创造和开拓的顽强意志和决心,它要求我们的诗歌去贴近时代的脉搏,去应和现实生活的火热节律。

"世俗关怀"如果受到了蔑视,以绝对真理的面目出现的"诗歌精神"就会趋于贫乏、保守、简单和自欺欺人,就会失去广泛的群众基础和锐利的创造锋芒。把自身尊严赋予所谓"绝对的价值",把"维护自身的尊严""向世人显示自身的尊严"当作"生存的意义",这种像根本侍候不过来的病人一样的"尊严",就成为对诗歌精神最深刻的伤害,就等于放弃了诗歌精神不断更新的权利,就等于以所谓终极原则的方式否定了诗歌精神的生命,使之在凋零的黄叶中成为一片片贫血的悲哀。何况那建立在宗教一样狂热情感中的所谓的尊严,在滚烫的现实生活面前本身就是不堪一击的。不要被"高雅"冲昏了头脑,不要动不动就摆出"世人皆浊我独清"的名士谱儿、名人范儿。如同一位老一辈诗人所说:总是把自己当成珍珠,所以才时时有着担心被埋没的痛苦。还是俯下身子来,踏踏实实地做一粒泥土吧,即使倒下了,也能够让众人把您踏成一条道路。

最后我要说的是,青春岁月里能有一段写诗的日子,是多么美好的一段旅程啊。如果一个人的心中埋有一粒诗歌的花籽,就如同为生命珍藏了一片常青的春天。如果一个人的手中擎着一把激情的圣火,就如同为灵魂准备了一片燃烧的彩霞!

我本来就是历史

鲜绿鲜红搴一旌,新洲高坐赏新莺。
情深共挽阳光手,敢把冰霜掸至零。

代代风流在在新,旭阳挝鼓月鸣琴。
大河一脉兼天涌,百叠潮头立美神。

现在学术界在讨论当代诗词的入史问题,好像分歧很大。别人怎么说入史,都值得尊重。事实上,所有经典化过程中的诗歌作品,都不是由当下人的简单毁誉来实现的。其巨大的影响力,都是在十年、二十年、上百年、上千年的时间淘洗中逐渐完成和留存下来的。不依赖某些权威机构或者某位权威人士的一锤定音,也不是哭着喊着争着抢着就能一蹴而就的。只有你这个东西能留下来,人家过段时间还愿意继续看看,这才有真正的文本价值,也才是真正的入史。光是某某权威写到文章里、图书里,或者某某权威没写到你、没有选你的作品,这些都不算什么,也都影响不了文本价值的客观存在,减损不了真正好诗词的艺术魅力。当代诗词的光芒,我相信经过一段误解和间离的考验,不仅不会消失,反而会更加灿烂和纯正。任何经典作品都有勇气和毅力来接受时间的反思、检选和沉淀,而当代诗词当然也概莫能外。

相对于某些愤激、期待与焦灼,我则更倾向于相信时间的公正和坚韧。而作为《中华诗词》杂志的编辑,我们的工作和职责就是在为当代文学、当代诗词来创造和记录历史。我们就呼吸在当代诗词的历史细节里,我们的诗风、编风都要接受时间的检验和筛选。风生水起看波澜,这里不是说我们写得或编辑得多么好,就必须让人家写进某某史的某一把交椅上去。但是研究当代诗词,研究当代诗歌,我绝对可以自信地说:"不能绕过《中华诗词》杂志。"我们以此自豪,也以此自律,同时也因此而更有一份历史责任——不能漏掉当代诗词的佳作,不能漏掉当代诗词的重要诗人。如果将来有一些成就特别高的诗和人,人家提起来的时候,在《中华诗词》杂志却是一个空白,那我们《中华诗词》杂志的编辑同仁就没有尽到自己的历史责任。如果人家研究这一段当代诗词,却没有在你《中华诗词》上看到这一时期的重要作品和重要人物,你们这个工作其实就是失职的。——这其实也是一份温馨而又冷峻、鲜明而又严肃的时代试卷啊。

遥想当年,旧体诗词创作的存在价值好像都成了选择题。因为领袖人物说过"要以新诗为主"。如果仍搞"凡是派"那一套,《中华诗词》这本杂志根本办不下去。所以说,《中华诗词》杂志本身就是思想解放、改革开放的一个文化标志。现在人们写改革开放史,好像没有人谈到旧体诗词这一块。历史上其实不乏以复古为名的创新思潮,宋代明代都有不少这方面的文学例证。诗词复兴的表面虽然是复古现象,然而更深层次上则是一种文学禁区里的精神突破。如果没有思想解放,当代诗词连在曲折中进行发展的基本渠道都没有,更何谈复苏和复兴?正是因为思想解放的时代思潮,当代诗歌才发生了这么多美好变化。

当代诗词所采用的形式虽是传统旧体,有着符合汉语美学规律的固定范式和格制,但也对创新和探索有着更加迫切,更加热烈的艺术追求。可以说,没有新意,也就没有当代诗词。

《中华诗词》杂志一直有一份自信,一直走在时代、思想、艺术、文学的前沿位置,我们不是故意做出一个先锋的姿态,不是制造一些社会热点和舆论噱头,而是实实在在地做一些耕耘和播种的实际工作。当代诗词的发展,猛一看好像是在往回走,但实际上却一直走在当代文学的先锋的位置。大家一直都是在探索着,跋涉着,开掘着。诗词本身是一种旧的语言形式,而又有其汉语言特殊的美学规律,那么我们怎么用这个美学规律来发一代之心声?前人说一代有一代之文学,如果当代诗词要作为这一代文学的前提,我们就要真正伏下身子,付出我们这一代人的智慧和心血。

当代诗词作为这一代之优秀代表,至少是代表着这一代文学尤其是诗歌的一种崭新的美学方向。可能现在人们还没有用这样的观点来看待当代诗词,但是如果再过十年、二十年,回头来看眼下的文学,当代社会文化中最为活跃的时代元素一定会放射出难以遮蔽的璀璨光辉。一般而言,文学史家要关注的,必须是一种新的文学视角、新的文学质素,而我们的当代诗词、我们的《中华诗词》和众多的兄弟诗词报刊,也确实是在代表着一个新的诗歌方向和美学趋势。谓予不信,请拭目以待。

当然,经历过漫长的冷落和寂寞,某些人士对当代旧体诗怀有惯性化的偏见并不奇怪。在他们以重重的鼻音奚落和贬斥一番之后,或许眼睛的余光一扫,就会发现,旧体诗实际上已经成为一个引人注目的当代学术热点,并且理直气壮地站在了当代诗坛的"C位"。无论承认与否,旧体诗的繁荣和振兴已经是既成事实。这里"复辟"的不是旧的思想,而是优雅、和谐的传统美学原则。伴随着这一辉煌热烈的"复辟"进程,音韵美、节奏美、形式美等等汉诗精华,又重新回到久违了的当代诗坛,并且放射出更加灿烂和璀璨的光芒。

阅读诗词作品,我特别看重温暖、光明、干净这样几个直观的美学体验。当代诗词该不该进入中国文学史?这个问题值得文学史家们研究和反思。而从我的角度而言,我自信我自己的实践和见证,本身就是绕不开的当代文学史。"为着未来的回忆,小心着意地描你现在图画。"冰心先生这两句诗,时时在警策着我。

谨此,向所有为中华诗词复苏复兴而奉献的先行者和同路人,致敬。

互见与互鉴
——新诗和旧诗的两个维度

关于新诗和旧体诗的关系,郑欣淼说:"好句岂分新与旧,激情总伴雨和风",台湾的旧体诗人林恭祖先生说:"诗无新旧之分,如写得好,虽旧如新;如写得不好,虽新亦不如旧"。

写新诗的台湾诗人向明先生说:"诗无新旧,只有好坏。"我也很欣赏著名学者陈友康先生2005年在《中国社会科学》刊发的一篇文章中的观点。他说:"长期以来,20世纪中国旧体诗词的合法性处于被怀疑、否定或悬置的状态,致使它被摒弃在文学研究和文学史写作之外,从而造成一部分文学精神资源的人为遮蔽。有研究者怀疑和否定旧体诗词的合法性,有研究者没有对传统文体在古代与现代社会的命运和表现加以区别。20世纪中国旧体诗词表现了鲜明的现代性追求,自足地构成一种新的历史传统。在新的世纪,必须打破新、旧诗词二元对立的模式,把旧体诗词作为中华民族在新的历史时期创造的文化成果进行研究,既有助于旧体诗词的发展,又有助于文学和文化观念的改进。"

新诗和旧体诗的对立,我认为是个伪命题。可是近来,我还是陆续读到很多篇站在新诗立场对旧体诗进行非议的文章，促使我在本文对新旧体诗的关系重新进行一些思考。近来我也注意到新诗界的理论前辈谢冕先生提出了新旧诗"百年和解"的问题。从我的观点来看，这种"和解"应该是双向进行的。而其中所谓的对立情绪，大多还是来自一些站在新诗视角看问题，甚至是人为炒作问题的文章，而从我所了解的写旧体诗的诗人来看，则对新诗更多着一份友善和亲近。

一、"截句"和"春风十里"

2015年，蒋一谈先生出版了一本诗集，名叫《截句》，影响很大。他说有一天在午休的半梦半醒间，恍惚看见了截拳道武术明星李小龙的影子，"我猛然清醒，好像被一束光拽起来——李小龙创立了截拳道，且截拳道的功夫美学追求简洁、直接和非传统性。我想，自己这些年写下的那些随感，或许可以称之为'截句'"。

请看蒋一谈先生的一首"截句"：

雨滴在天上跑步
谁累了谁掉下去

再请看蒋一谈先生的另外一首"截句"：

星星落在碗里

你默默洗星星

月亮落在碗里

你默默喝了下去

这两首截句清新隽永,在诗歌美感上和古代诗歌尤其是绝句有一定的相通之处,但是显而易见,他提出的截句概念和他的创作实践,还是在现代新诗的理论范畴,和我国古代诗学的截句概念则是不一样的。清人赵翼的文章中就以引述的方式介绍过古人的说法:"绝句,截句也。如后两句对者,是截律诗前半首;前两句对者,是截律诗后半首;四句皆对者,是截中四句;四句皆不对者,是截前后四句也。"

截句,其实就是古人对绝句的一种比较常见的别称。诗歌的题目中标明截句的作品,也比比皆是。如清帝玄烨的《曩因见雁念征南将士曾题截句今禁旅凯旋闻雁再作》:

上林秋晓净烟霏,每听征鸿忆授衣。

此日诸军齐奏凯,衔书不用更南飞。

比玄烨名气更大的龚自珍,有个名句叫"四厢花影怒于潮",现在还经常被人们引用。这个名句就出自他的《梦中作四截句(之二)》,其中一首"截句"的原文是:

黄金华发两飘萧,六九童心尚未消。

叱起海红帘底月，四厢花影怒于潮。

蒋一谈先生征引诗人北岛的话："喜欢写作截句的人，离笔记本很近。"我认为北岛先生的所谓离笔记本很近，应该有三层含义：一是直抵内心，二是简单本色，三是记录日常生活。创立截拳道的李小龙说："截拳道可以归结为让你从束缚你的东西中解放的方式。截拳道的卓越之处就在于它的简单，它的每个动作就是它本身。我一直相信，简单的方法就是正确的方法。截拳道是个人用最小的动作和能量直接表达自己感受的一种方式。跟功夫的真正之道越近，浪费的表达就会越少。"截拳道这种简单直接的方法论，对诗歌写作而言，确实是有启发意义的。但是"截句"古已有之，它的来历，却不一定从截拳道算起。

无论是北岛，还是蒋一谈，都没有提到古代诗学中早就有"截句"这个概念。从这样一个小小的概念分歧，也在一定程度上折射出写新诗的诗人对旧体诗学的隔膜和疏离。

前两年，还有一位很有名的写新诗的诗人叫冯唐。他有一首走红的作品是这样写的：

春水初生，
春林初盛，
春风十里，
不如你。

我们可以举唐代诗人杜牧的《赠别》组诗二首中的第一首诗来与之对读：

> 娉娉袅袅十三余，豆蔻梢头二月初。
> 春风十里扬州路，卷上珠帘总不如。

这首诗是抒写作者对一位扬州女孩的眷恋和赞美。意思是说，这位女孩美丽轻盈，就像豆蔻梢头的洁白花苞。只要她卷起珠帘露出一个小脸，扬州城十里长街上所有春花春朵般的女孩，全都变得黯然失色。显而易见，冯唐诗歌的最后两句，和杜牧的最后两句是很接近的，这说明古今诗人完全可以通过诗歌来传递神秘的心灵密码。这种美好的传递不仅可以超过空间的局限，而且也能超越时间的桎梏，自由放飞灵魂之翼。越千百年，仍能找到同样律动的节拍。冯唐诗歌的成功，为我们提供了一个从古出新的现代例证，同时也启发我们再次审视新诗和旧体诗之间的种种关联纠结。

新诗和旧体诗之间缺少进一步的了解和沟通。关于二者的辩证关系，我第一个想起的词是互见，第二个想起的词是互鉴。互见就是互相看见、互相了解。互鉴就是互相借鉴、互相融合。新诗和旧体诗之间，亟需的就是互见和互鉴这两个重要的维度。首先是互见，进而是互鉴，然后友好竞争，共同发展，达到各美其美，美美与共。

新诗尽管有各种缺点，但是这种诗体完全可以继续调整自己前进的脚步,用自己的色彩和芬芳在诗坛上展现自己的魅力。说"新诗主体论可以休矣",并不是要用旧体诗来"压迫"新诗。新诗主体论可以休矣,旧体主体论更是完全没有必要。白桦先生有一句新诗说:"阳光,谁也不能垄断。"是的,诗坛,也应该是谁也不能垄断的。老诗人刘章多年前在某个论坛上发言的题目是《呼唤新诗与诗词的相融互补》。他是一位既写新诗也写旧体诗的诗人,他的这个观点,我很赞成。新诗学习旧体诗词的长处,旧体诗词学习新诗的长处,携手并进,比翼齐飞,甚至在相融互补中出现第三种体裁也未可知,这一切对诗坛来说,不是都挺好吗?另外一位著名诗人洛夫先生,据说也在那个论坛上强调要"重新找回失落已久的古典诗歌意象永恒之美",他说:"写新诗与写旧体诗的朋友应相互尊重各自的选择、各自的兴趣,但我今天在这里必须呼吁,写现代汉语诗歌的朋友在参照西方诗歌美学,追求现代或后现代精神之余,不要忘记了我们老祖宗那种具有永恒价值的智慧的结晶,真正的美是万古常新的。"另外,上海诗人杨逸明先生很早就曾呼吁:"新诗和旧体诗携起手来,中国诗坛才会更有生气和前途。新旧互鉴,诗歌才能复苏并繁荣。"这些观点,值得一些极力主张新诗"一统江湖"或者渴望旧体诗"收复河山"的霸蛮人士们再三深思。

2002年9月17日,我曾在《中国文化报》发表一篇文章,题目叫《新体与旧体,何妨比翼飞》。这可能是国内较早呼唤新旧体诗比翼齐飞的文章之一。其中写道:"因为旧体诗在'五四'以后曾经遇到过一些曲折,所以人们对它在新时期的复兴给予的关注可能多一些,这种'复兴'带给人们的阅读快感可能更强烈一些,美学期待也可能更迫切一些。可是,对旧体诗的这种关注和期待,并不是要否定新诗的存在。我本人曾经撰文呼吁过'旧体诗一席之地',主要也是针对一些人对旧体诗的偏见,表达一些自己的看法。说到底,我还是真心祝愿旧体诗和新诗能够携起手来,共同振兴诗坛。新体和旧体并不是水火不相容的仇敌。何必非要弄个新诗的山头,再臆想出一个旧体诗山头,然后一争高低,看谁是诗坛正宗?现在写旧体诗和读旧体诗的人很多,这本身就说明了旧体诗这一诗体的顽强的艺术生命力和美学魅力。对新诗抱有偏见不好,对旧体诗抱有偏见也不好。一花独放不是春,万紫千红春满园。新体和旧体,何妨比翼飞?"

另外,我还就同一话题在2002年9月12日的《文学报》发表了一篇《桃红李白,何必争谁是春天》,在2002年《中华诗词》第6期发表了一篇《旧体诗正在放射灿烂的光芒》。在后一篇文章中,我写过这样两段话:"著名的九叶诗人之一的郑敏先生最近在《文学评论》发表的《中国新诗八十年反思》一文中,郑重提出了新诗向古典诗学习的命题。她说:'中国新诗如果重视诗学研究,首先应当发掘古典诗学中的精髓。'她认为新诗应该从'结构的严紧''对仗''炼字'等方面'向古典诗学习'。郑先生这里提到的是古典诗,并非当代人创作的旧体诗,但也使当代旧体诗人进一步增强了对这一诗体的自信心。其实就当代旧体诗人而言,也需要向新诗学习许多新东西,比如青春的朝气、创新的勇气、全球化的视野、东西文化的对接、活泼自然的灵思和清新活泼的口语化努力等等，都值得当代旧体诗人们加以借鉴和深思。"

十几年的时间过去了，我对这个问题的观点依然故我。可以说，在新的时代面前，旧体诗歌并没有如某些人所断言的那样完全迷失自己。如果只看到一种诗体静止状态下的一些表面的局限和缺憾，却忽略了这一诗体随着时代发展而产生的种种新变化、新探索，那才是真正的冥顽不化、抱残守缺。

请看今日之诗坛，竟是谁家之天下？应该说是新诗和旧体诗共同的天下。无论新诗还是旧体诗，诗心应该都是相通的。这两种诗体不是截然对立的，也是完全可以共存共荣、友好竞争的。即使有人执意用偏见的黑布蒙住自己的眼睛，也只能说明他自己看不见欣欣向荣的红花绿草，并不能证明窗外就没有春光。

在我心目中，新体和旧体并不是截然分开的两个绝缘体，比如其中向真、向善、向美的审美趋向就是水乳交融的。

二、从新旧诗的对译说起

很多年前，我曾读到老诗人沙鸥撰写的一首八行诗，印象十分深刻：

与公木重逢

沙鸥

我久久地扶住你

要看看风雨的痕迹

乌黑的海潮压在心中

你分明是一座礁石

岁月的浪花飞溅在你头上

碰碎的却是恶浪自己

一钵浓茶话沧桑

星空灿烂，松涛成曲

这是沙鸥在1979年与诗人公木久别重逢之后写的一首新诗。这首诗隽永而含蓄，深情款款，又有一些历尽沧桑之后的恬淡。沙鸥曾经说过："没有这样一个人，愿意把杂草种在他心爱的花园里。也没有这样一个作者，愿意把多余的诗行放在他的诗中。"他的这首诗是很简练精致的。据说沙鸥曾经致力于研究唐人绝句，把那些四行的诗句拆开来，扩展变成为八行的白话新诗，进而发明了这种典型的八行体新诗。可是，这种诗体既然是从绝句中化出来的，那么，还原成旧体绝句是不是更加凝练简洁呢？这里有公木先生改写成的一首《重逢》，供读者对读体味：

重　逢

把手读君风雨篇，纷纷恶浪溅巉岩，

黑潮滚滚岩前碎,一钵浓茶星满天。

另外,晏明先生写过一首《杉湖月夜》:"杉湖的月色这般静/飘香的晚风这般轻/湖面上闪着碧蓝的星/湖底下亮着晶莹的灯//夜的花儿开了,是星,是灯?/湖上睡莲笑出了声//花儿,花儿,怎这般多情/最多情是桂林妹的眼睛",这首诗优美而抒情,颇负盛名。后来,公木先生也将这首诗改写成了一首绝句,也很有情趣:"杉湖月夜晚风轻,湖面蓝星湖底灯。湖上睡莲咯咯笑,阿妹眸子偌多情。"

沙鸥、公木还有一位20世纪50年代在中国文学讲习所的共同的同事,叫蔡其矫,也同样醉心于古典诗词,并尝试把其技巧运用到新诗创作之中。据说他曾经尝试把唐诗宋词翻成白话,并有意识地借鉴其结构谋篇的手法,甚至把自己据此创作的新诗也叫作"绝句",叫作"律诗",叫作"词"。其实他的"绝句"就是四句体新诗,"律诗"就是八句体新诗,"词"就是分上下两段而又句法大略相同的新诗。请看蔡其矫先生的一首"绝句":

太湖的早霞

天空罗列着无数鲜红的云的旗帜,
湖上却无声地燃烧着流动的火;
归来的渔船好像从波中跃出,
转眼之间它已从火上走过。

公木曾经把这首新诗翻译成了"名符其实"的绝句:

> 长空焱焱树云旗,湖上飘飘流火影;
> 倏见渔舟穿浪归,飞桨拨火霜帆冷。

沙鸥、蔡其矫、晏明等人写的虽然是新诗,但他们同样致力于借鉴古典诗词的表现技巧和意境营造方式,其作品也同样具有浓酽的古典诗词一般的深幽韵味,给我们带来很多审美愉悦和艺术启示。而新诗和旧体诗的互见与互鉴,在公木先生的对译文本中,可以引人思考的地方其实也是很多的。公木先生"翻译"过的文字(个别地方未严拘旧韵韵律)虽然与原文不能画等号,但从中同样可以寻找到新旧两种诗体相通相鉴的神秘痕迹。

前几年,我在中国美术馆的一次美学讲座中听过物理学家杨振宁朗诵他翻译的英国诗人布莱克的诗句:

> 一粒砂里有一个世界,
> 一朵花里有一个天堂,
> 把无穷无尽握于手掌,
> 永恒宁非是刹那时光。

这四句诗,其实是132行的长诗《天真的预兆》(*Auguries of Innocence*)的开头四行。原文如下:

To see a world in a grain of sand

And a heaven in a wild flower,

Hold infinity in the palm of your hand

And eternity in an hour.

诗的意思，其实就是中国古代陆机的名言"观古今于须臾，抚四海于一瞬"的西洋变奏。我当时试着用绝句的形式重新翻译了一下这四句诗，成为以下这个样子：

朴箴（节译）

一方世界一尘砂，一座天堂一野花。
一掌大千轻一握，一时悲喜一生赊。

后来我发现，很多前人其实早就在用古典诗歌的形式来翻译这几句诗了。试看以下三种译文：

一花一世界，一沙一天国，
君掌盛无边，刹那含永劫。
　　　　　　　　——宗白华

一沙一世界，一花一天堂。

无限掌中置,刹那成永恒。

——徐志摩

一粒沙里见世界,一朵花里见天堂,
手掌里盛住无限,一刹那便是永劫。

——丰子恺

经过这样的翻译,我感觉其艺术表现力比那种散文化的翻译,更有一种不可替代的节奏美感和形式韵致。

再请看戴望舒翻译的法国诗人魏尔伦的作品:

菩萨蛮

泪珠飘落萦心曲,迷茫如雨蒙华屋。何事又离愁,凝思悠复悠。 霏霏窗外雨,滴滴淋街宇。似为我忧心,低吟凄楚声。

这首翻译作品的结尾两句,用了庚韵和侵韵通押,未拘传统词韵;但整体而言,则是严格按照词谱来填的。现代派诗人戴望舒的古典学养,在这样的翻译实践中表现得非常醒目。而古典诗词的形式美,在这首翻译的《菩萨蛮》中,也给魏尔伦的作品增色不少。古典诗词实际上有着自己的一个比较稳定的独特的美学空间,不仅不比白话诗逊色,反而为魏尔伦之作增添了郁勃的活气与斑斓的风采。

经历了新文化运动以来的时代洗礼和美学嬗变，当代诗词走过了继承、转化、吸收、扬弃、发展的辩证历程，既有横的移植，更有纵的承继，含英咀华，逐步从复苏走向复兴，从复兴走向振兴。无论是面貌还是神韵，都脱胎换骨，带来许多令人惊喜而又厚重芳醇的美学收获。蔡其矫说："现代的中国的自由诗，经过西方浪漫派散文化的影响，又逐渐发展到现代派的表现手法，减少连接词，物我合一，不用直言陈述，恢复音乐性，这都与旧诗的优良传统不谋而合。"蔡其矫先生这里发出的感悟，其实也是深有体会地阐发了经过他本人创作实践检验的一种美学方向和探索路径。

以我的个人兴趣来说，对本土诗歌的感情较深，从中所获得的阅读快感似乎也较浓。所谓本土诗歌，其中的"土"有两方面的含义：一方面是指本土诗歌尤其是古典诗词和民歌中的优秀经验，比如节奏、韵律等等形式化的东西，还有赋、比、兴等等技术性的手段。这些本土诗艺穿透千百年来的尘封岁月能够流传下来，本身就是生命力的证明。汉语的魅力在这里体现得充分而有说服力。另一方面，这里的"土"也指本土诗歌中所体现的比较有代表性的民族心理和美学观念。比如"上下而求索"的执着，"心远地自偏"的淡泊，"壮士一去不复还"的慷慨，"才下眉头，却上心头"的缠绵，"白日放歌须纵酒"的洒脱，"浪淘尽、千古风流人物"的苍凉……

尽管在20世纪的最后二十余年，本土诗歌的影响在新诗界受到了一些冷淡和怀疑，但也仍有一部分诗人坚持了自己在这方面的兴趣和勇气。他们以韵律和节奏形成的张力，在异彩纷呈的诗坛上默默无闻地独树一帜。而他们的坚持，既是对本土诗歌文化遗产最直观、最炽烈的继承和发展，也是对新诗中的任何种类的放纵的果敢否决。这其中每个人的艺术劳动，都证明了一种本土性的审美趋势的合理性和实在性，即用变更、改动语言形式的办法来改变意念表达的效果，用直接作用于视觉的亲切的语言材料来代替滔滔不绝的意象狂飙，用有美感的韵律来规范散漫的澎湃的情感波涛……我的诗歌大多都是"土"生"土"长的。我希望我们的新诗能够谦虚地继承和发展传统的诗歌技巧，并自然地使之与现代观念形成气韵上的对接和交流，我希望这方面的努力是用在内部节奏上的和谐圆润，而不是为诗律习俗中的武断的节拍所限制和束缚。在摆脱了自身的拘谨和迂腐成分之后，相信本土化的实验和实践，能够为新诗开创出一条更宽广的通往心灵的道路。我愿意自己是这一实验队伍中的一员，我也希望能够得到更多的朋友们的支持和共鸣。

在诗艺上的探索，无论是先锋还是稳健，毕竟都只是表层上的东西。从根本上来说，诗歌的高下，当然还是和人格的高下有着密切联系的。诗歌的发展重心，不能只放在"怎么表现"上，而应该放在"表现什么"上。多年以来，我一直很欣赏胡风先生的一段话，他说："文字如果没有带着自己的体温，哪怕它沾着疮臭，就没有脸放它们到这个战斗着的世界上去。"诗篇中如果有媚骨，就支撑不起诗歌的高昂的头颅。从诗经到楚辞到唐诗宋词元曲到五四以后的新诗，那不朽的诗歌精神，是熊熊燃烧的火炬，当那圣火传递过来，它理应更辉煌更灿烂，有谁会忍心看着它在我们自己的手中暗淡下去呢？

三、旧体诗词在20世纪的光芒

"笑问兰花何处生，兰花生处路难行。争朝襟发抽花朵，泥手赠来别有情。"——这首绝句的作者，是20世纪早期著名的湖畔诗人应修人。他的新诗《妹妹你是水》《小小儿的请求》等流布颇广。他的旧体诗词的光芒，往往为他的新诗成就所遮蔽。

像应修人这样的旧体诗词作者，在20世纪灿如繁星。不少写新诗名世的诗人，也都有一些优秀的鲜为人知的诗词作品。只是因为他们在新诗方面的盛名，这些旧体诗被掩盖了。比如徐志摩的这首《清明雨中》："檐溜潺潺插柳斜，异乡佳节不须夸。暂时为客还非客，此日离家总忆家。听雨有愁宜中酒，寻春无梦到看花。隔墙薄暮新烟起，暗减心情负岁华。"诗中描写了杭州清明时雨中的感悟，表达了思乡和少年特有的一种透明的怅惘。语浅情长，辞美味醇。这些诗词作者数量纷繁，面目各异。他们写作旧体诗大都不是为了发表，而是随感而发，触景生情，随意挥洒，所以更加接近生命的本色，更加容易保留岁月和历史的原生态样貌，更能折射这一特定时期的诗人心态和社会细节。这些作品有诗的魅力，同时也有史的质素。由于种种原因，这些诗词作者和作品并没有得到更充分的认识和研究，但确实是一片陌生而又熟悉的开满鲜花的迷人的原野。

清末民初正是所谓三千年未有之大变革的特殊历史时期，诗词的多元流变和多元生态，折射出了这个时代变革的复杂性和特殊性。而接踵而来的20世纪诸多历史事件，恰好为这些悲剧、喜剧、壮剧、惨剧做了详细的脚注：庚子事变、辛亥革命、军阀混战、日本入侵、国共内战直至"反右"、"文革"、改革开放等一个个社会大事件给诗词作者带来各种各样的心理冲击，也为形形色色的作者搭建了新鲜的性灵舞台。他们的诗词作品是时代变迁的活的精神标本，寻找他们失踪了的轨迹和光芒，可以清晰地勾勒出一段段时间的背影和风雨的痕迹。

要研究现当代的中国，要研究20世纪的中国人的心灵密码，无论是同光体还是南社，无论是毛泽东、陈毅、叶剑英还是胡乔木，无论是鲁迅、郭沫若还是胡适、陈独秀，无论是苏曼殊、郁达夫还是龙榆生、夏承焘、唐圭璋，甚至无论是袁世凯、徐世昌、吴佩孚还是汪精卫、郑孝胥、王揖唐……都是无法绕过和回避的文本存在。

我对20世纪诗词的关注，先是源于20世纪80年代对郁达夫诗词的喜爱，而后则是因为对大学老师许桂良、顾之京夫妇的父亲顾随先生的敬重。我还记得在大学图书馆里借到郁达夫和顾羡季先生诗词之后的惊喜——"曾因酒醉鞭名马，生怕情多累美人""空悲眼界高，敢怨人间小。越不爱人间，越觉人间好"等等名句，就像楔子一样直接楔在我的心上。之所以用到"惊喜"这个词，是因为此前我竟然没有注意到，在我的阅读视野之外，还有这样一种又新又旧、新旧难分、魅力无穷的文学存在。

20世纪80年代初,我开始写诗的时候,读得最多的是舒婷、顾城、江河等朦胧诗人的作品。他们被称为崛起的诗群。徐敬亚先生在论文《崛起的诗群》中有这样一段话:"诗坛上升起了新的美。于是,通向美的道路,便又一次次出现了无数种可能性。无数!而不是唯一。"他提到的这无数种可能性中,并不意味着伴随着新诗的崛起,古典诗歌的艺术营养和艺术形式也就都应该一股脑儿扔掉了。艾青、田间、胡风他们是一种道路,而鲁迅、郁达夫、聂绀弩这些人,其实也是一种道路。事实也证明,旧体诗词不仅至今顽强地活着,而且还呈现出朝气勃勃、生意盎然的和谐艺术生态。旧体诗特有的声、韵、调组成的韵律之美,是令人迷恋的。在高速公路上行驶,和在田野里漫无目的地乱闯相比,速度和效率毕竟是不一样的。

五四以来,新诗虽然在主流文学界有了重要的地位,但其自身的某些缺陷所招致的争议也是一路相伴而来。鲁迅在1934年《致窦隐夫》的信中就曾说过:"没有节调,没有韵,它唱不来;唱不来,就记不住;记不住,就不能在人们的脑子里将旧诗挤出,占了它的地位。"此后至今已经整整八十年了,尽管旧诗仍然没有从人们的脑子里被"挤出",但旧诗被主流文学界所忽视甚至说歧视,也仍然是客观的文学现实——除了引起广泛聚焦的少数领袖和社会名人的作品之外,很少有研究者关注20世纪旧体诗词的整体创作成绩。这种现象是不正常的,也是和20世纪旧体诗词的创作水平和美学影响不相称的。

诗歌与时代有着天然的联系,从20世纪诗词中我们能够真切地接收到时代前进的跫音。请来看袁克文的"绝怜高处多风雨,莫到琼楼最上层",这两句表面是写游颐和园的感受,抒发了淡泊功名、不贪恋权势的明智的人生态度,实则是曲折地表达了对父亲袁世凯窃国称帝的劝谏和讽喻。再请看张恨水写南京大屠杀的这两句:"城里遗民三十万,可能一哭似予无?"其笔调沉郁苍凉、凄清苦涩,读来如在昨天。还请看张大千写乡愁的这两句:"半世江南图画里,而今能画不能归!"因为战乱阻隔,作者漂泊海外,不能归国,画梅杏而思江南,感叹只能画却归不得。词调明丽,而心境悲凉。下面再来看看沈祖棻笔下的春愁:"三月莺花谁作赋?一天风絮独登楼。有斜阳处有春愁。"这句"有斜阳处有春愁"使沈祖棻赢得"沈斜阳"的别号。这首词写于1932年,表现的即是踏青引发的春愁,实际还隐含了九一八事变后国人对山河破碎的家国之忧,已经远甚于一己幽怨了。

　　新中国成立后,知识分子的复杂心态,也能在旧体诗词中辨认出清晰的雪泥鸿爪。林散之在《七零年八月初三夜》中说:"江上青留点点山,别来无恙在人间。"一句"别来无恙在人间",依稀让我们感受到平静水波之下的内心涡旋。聂绀弩的《惊闻海燕之变后又赠》是一首特殊年代的奇异的爱情诗:"愿君越老越年轻,路越崎岖越坦平。膝下全虚空母爱,心中不痛岂人情。方今世面多风雨,何止一家损罐瓶?稀古妪翁相慰乐,非鳏非寡且偕行。"作者服刑后获释,却惊闻爱女海燕早已自杀,随后写了这首七律送给老伴。全诗泪中含笑,笑中含泪。写的是家事,而从"方今世面多风雨,何止一家损罐瓶"这样的诗句,又折射出一个时代的悲剧性的记忆。

以上列举，仅仅沧海一粟。实际上，20世纪有不少非常优秀的诗词佳作，但大多在读者中并没有达到耳熟能详、广为流传的程度。因为对其缺少文本意义上的理论研究和有效的媒介传播，致使这些诗词作品在公众视野中处于一个边缘化的尴尬境地。诗歌写作是一种艰苦的人生体验，需要最大限度地逼近人生，最深程度地体验人生。20世纪的诗词绝不仅仅是辞藻层面的、技术层面的，而更是生活化的、开拓型的、建设性的。20世纪诗词作者中的很多人，公众并不一定把他们当作诗人来看。但是他们自己对诗人的身份和诗词作品却看得十分重要。比如罗瘿公先生生前就曾告诉弟子程砚秋，死后墓碑只写"诗人罗瘿公之墓"七字。钟敬文先生有类似的遗言，书画名家林散之先生自题的墓志铭上，也只有几个字：诗人林散之墓。罗先生的书法润格很高，钟先生在民间文学界是权威，林先生的诗名也并不及他的书画名之盛，他们回首平生，为什么只提自己的诗歌呢？这一文化现象，确实令人深思。人是诗之本，诗是人之光。"诗人"是个美好的称号。其美在诗，其美更在人。

据周晓川先生回忆，著名词学家夏承焘先生极为看重自己的《浪淘沙·过七里泷》。他临终之时嘱咐身边亲故："我过老时你们不要哭，在耳边哼这首词就可以了。"词是这样写的："万象挂空明，秋欲三更。短篷摇梦过江城……当头河汉任纵横。一雁不飞钟未动，只有滩声。"这首词作于1927年，写夜过富春江七里泷的感受。20世纪旧体诗词的美学历程，也如七里泷的素淡而奇绝的秋光一般，徐徐展开，就是一幅淡雅画卷，引人入胜，余韵悠悠。

到了21世纪，旧体诗词逐渐从复苏走向复兴，从复兴走向振兴，掀起一阵阵令人欣喜的文学新潮。这一传统诗体简练、凝重、典雅，把汉语的声韵美、形式美推向了极致，是汉语言中最美丽的艺术花朵。文脉绵长，福泽深远，既是民族智慧的美好载体，又是文明传承的优秀媒介。日前诗词写作的重现或曰回归，并不是对既往新诗写作的简单否定，而是有益的调节和科学的补充。诗词新潮，早已经超越了单纯的文体回归话题，而更具有了一种别具风姿的传统文化的象征意义。回眸20世纪的旧体诗词，研究20世纪的诗词演变和美学嬗变，可以为我们提供更多的历史细节和生活原态，可以呈现当时的社会心理与精神生态的真实状况，可以为21世纪的诗歌发展提供有益的艺术借鉴和历史经验。

四、学习新诗，就要学习新诗的新思想、新态度

五四运动前后，新诗应运而生。在一百年前那段激情燃烧的岁月里，伴随着新文化运动的澎湃潮流，新诗带着鲜明的时代印记昂然崛起，成为20世纪中国最重要的文学现象之一。这一崭新诗体应和着五四运动的激情呐喊，挣脱锁链和桎梏，带着火焰和雷电，扑面而来，勇立潮头。

新诗是活的。活的呼吸，活的体温，活的生命。

新诗之新，体现在新理念、新境界、新形式、新内容。其中

最直观的是白话口语，最核心的是现代理念。五四运动倡导的爱国、进步、民主、科学思想，给新诗带来崭新的时代内涵。新的语言形式是它的面目，新的思想方式是它的灵魂，新的情感状态是它的血脉。当时的学者将新诗称作"诗体的大解放"。而诗体解放的前提，是心灵的自由和灵魂的觉醒。新诗的诞生有着重要的文学意义，也有着重要的历史意义和社会意义。

五四运动是我国近现代史上具有里程碑意义的重大事件，五四精神是五四运动创造的宝贵精神财富。五四运动如一声时代春雷，惊醒了沉睡的旧文化、旧世界。新诗是五四文学革命中的一支奇异的新军，五四精神为新诗注入活跃、热烈、劲健的时代活力。谈论新诗，首先要谈论新人。五四以来，新诗的价值取向和美学流变，是20世纪中国文学的一个精神标本。爱国与进步的浩荡东风、科学与民主的澎湃大潮，席卷一切陈腐意识和朽臭观念。帝制的剧烈崩塌、中西文化的激情交会、今古文脉的对撞对流，带来的是"人的文学"的时代景观。正所谓：震震云雷响四方，惊涛湃湃韵飞扬。九州长夜群鼾醒，千古沉霾一扫光。西火高擎红踊跃，东风怒吼绿奔忙。手携沧海春潮奋，旗向鳌头代代强。五四前后诞生的新诗，其伟岸巍峨的时代意义，不仅仅是为中国诗坛带来长达百年的语言新变，更重要的是为中国的社会文化心理带来了理念上和精神上的崭新气象。

梁启超先生在1899年12月25日写道："以为诗之境界被千余年来鹦鹉名士（余尝戏名词章家为鹦鹉名士，自觉过于尖刻）占尽矣。虽有佳章佳句，一读之，似在某集中曾相见者，是最可恨也。"新诗的出现，是和新人的出现紧密联系着的。20世纪初叶的新诗作者大声疾呼着"务去陈言"，宣示着"反对'琢镂粉饰'"的主张，实际上更是以一种截然异质的扬弃姿态和文化自觉，对因袭、沉靡、颓唐的晚清诗风进行了激烈地反抗。新诗可不是哼唱着温柔、敦厚的古典节拍优雅登场的，它一亮相就是一个叛逆的姿势、一种战斗的表情。胡适先生说："白话文学的作战，十仗之中，已胜了七八仗。现在只剩一座诗的壁垒，还须全力去抢夺。待到白话征服这诗国时，白话文学的胜利就可说是十足的了……"新诗带着天然的、自由的、叛逆的精神胎记来到舞台中央，把旧思想、旧道德、旧文化的陈腔老调打了个落花流水，把传统诗学中的整齐、对称、音乐性、节奏感、起承转合、中庸和合等等井然有序的惯性元素也统统打了个七零八落、稀里哗啦。正所谓"我手写我口，古岂能拘牵"，设身处地，遥想当年，同光体和桐城派那些平平仄仄的细麻绳和之乎者也的小皮筋，怎么能束缚得住那奔流汹涌的思想波涛呢？

　　五四运动前后，出现了众多的新诗尝试者和探索者，"牛人"纷呈，"大神"众多，共同组建了新诗初年的灿烂星座。胡适谦称自己的《尝试集》"很像一个缠过脚后来放大了的妇人回头看她一年一年的放脚鞋样，虽然一年放大一年，年年的鞋样上总还带着缠脚时代的血腥气"，但是生涩中有生气，稚拙中有天真，其自觉而顽强的尝试精神，还是为中国新诗彰显了最初的艺术尊严和文学意义。郭沫若先生1921年8月在上海泰东图书局初版的《女神》，使中国新诗的面貌焕然一新。诗人带着"建设一个第三中国——美的中国"的美好憧憬和雷霆狂飙般的激情,迸发出强悍、炽烈、自信的个性解放的颂歌:"我是全宇宙底 Energy 底总量!""我飞奔,我狂叫,我燃烧……"一连串的"我"字在这本诗集中闪闪发光,以其瑰丽想象、磅礴气势、粗犷形式、激越节奏和晓畅语言,开创了真正的壮美刚健的"一代诗风"。张扬个性、自我发现的强烈意识,汪洋恣肆、无拘无束的奔放胸臆,勇气十足、昂扬进取的创造热情,大破大立、"如大海一样地狂叫"的叛逆精神以及火山爆发般的语言宣泄和表达方式,都体现了鲜明的时代特征,直观展示了白话新诗的诗体魅力,也闪耀着五四精神的灿烂光芒。

从五四以来,中国新诗的版图星光灿烂,留下了一个觉醒了的民族的坎坷心路和精神谱系。每个历史的关键节点,都有代表性的名字和纪念碑式的作品。每个特殊的复杂区域,都有独具特色的诗人和个性十足的诗篇。站在21世纪的风帆下回首那些起伏波涛和跌宕风云,可以开列出一个很长的名单……他们把"有缺陷的人生"锤炼成精金般的精美诗行,在一个开放包容的艺术生态中绽放出各自的精彩;他们把浪漫情怀吹成满天花雨,把美丽的爱情吟唱成深情的心曲;他们以其打通古今中外的不凡气度重建了新诗的形式美和音乐美,带着象征色彩和现代格调,给时代吹送来一缕缕奇异的新风;他们用清新的白海螺抒发着对"年青的神"的深挚情怀,用青春焕发的诗笔记录了血肉长城的悲壮大美;他们以冷峻的哲思和深奥的意象营造时代精神的心象……重读他们的佳篇美什,仿佛又回到了那波澜壮阔的年代,心中汹涌着许多说不出的感动。一个个闪光的姓名、一行行滚烫的诗句，就如同一朵朵明亮的火焰在眼前闪耀，在心头跳跃，在血液中燃烧……飘扬的是灵魂的旗帜，体现的是生命的光辉和重量。他们的作品形式不同，风格各异，但那份爱国、进步、科学、民主的时代情怀和明亮真诚的大爱、博大宽广的胸襟都是共同的，那种义无反顾的精神、思考探索的勇气，也是共同的。这些诗歌有自叙色彩，也有时代激情；有史料价值，也有现实意义，不仅滋养了一代又一代读者的心灵，更滋养了我们的精神家园。

我愿意特别提醒读者关注那些用生命的指尖弹奏着时代琴弦留下的一曲曲火焰一样的滚烫旋律。他们不是坐在书斋里小推小敲的高蹈名士……但他们又是最能打动人心的诗人——不是把诗当作生命的诗人，而是用生命来写诗的诗人，是躲在书斋里吟风弄月、叹花惜草的所谓名士们所万万不能及的。正如鲁迅先生在五四前夕所言："诗的好歹，意思的深浅，姑且勿论；但我说，这，是血的蒸气，醒过来的人的真声音。"

1925年，闻一多先生在纽约写过一首《废旧诗六年矣，复理铅椠，纪以绝句》："六载观摩傍九夷，吟成龉舌总猜疑。唐贤读破三千纸，勒马回缰作旧诗。" 今天的读者对"勒马回缰作旧诗"这句诗非常熟悉，却不知道闻一多先生在1941年的时候，对旧体诗作者还有另外一种令人感到沉痛的观点。1941年9月8日，闻一多在西南联大为老舍的演讲《抗战以来文艺发展的情形》做主持并致辞时，忽然感叹"中国语言文学系培养的对象只是限于'乾嘉遗老'式的和'西风东渐'式的学者",并对致力于旧体诗写作的人提出了尖锐批评。他说:"在今天抗战时期,谁还热心提倡写旧诗,他就是准备做汉奸!汪精卫、黄秋岳、郑孝胥,哪个不是写旧诗的赫赫有名家!"闻一多先生的话略有偏颇,比如当时的郭沫若先生,也包括老舍等先生就是用旧体诗宣传抗战的,但是闻先生对当时一些旧体诗人的陈腐理念和奴隶心态的鄙视,也的确发人深思。

抗战时期,新诗人田间在《给战斗者》中喊出了:"在诗篇上,战士底坟场,会比奴隶底国家,要温暖,要明亮。"艾青在《我爱这土地》中吟诵着:"为什么我的眼中常含泪水?因为我对这土地爱得深沉。"田汉在《义勇军进行曲》中呼吁:"不愿做奴隶的人们!把我们的血肉,筑成我们新的长城!中华民族到了最危险的时候……"公木在《八路军进行曲》中高歌:"从无畏惧、决不屈服、坚决抵抗,直到把日寇逐出国境,自由的旗帜高高飘扬!"可是,同一时期写作旧体诗的王揖唐,却在奴颜婢膝地为日本天皇唱赞歌:"八纮一宇浴仁风,旭日萦辉递藐躬。春殿从容温语慰,外臣感激此心同。"这首诗是一首典型的汉奸自画像。王揖唐是在1940年10月赴日本参拜靖国神社,叩谒天皇裕仁,归国后写了好多首这样的诗拿到日伪报纸上发表。后来又将这几首诗全部写成扇面,制成了扇子,除自己使用外,分别赠送给多田骏、吉住良辅等日本驻华北方面军的头面人物。这首诗是其中之一。"纮"通"宏","八纮一宇"意为"天下一家",是当时日军宣扬战争正当性,麻痹世人的用语,日本法西斯军人当时发表宣言称:"神国日本之国体,体现于天皇陛下万世一系之统帅,其目的系使日本天赋之美,传遍八纮一宇,使普天下之人类,尽享其生活之幸福。"王揖唐在诗的开头即对日本军阀征服世界的迷梦肉麻赞颂,接着抒写自己被日本天皇接见后受宠若惊的心态,最后一句居然自称"外臣",表达了甘当汉奸奴才的所谓"忠心"。这样的犬儒心态,在田间铿锵而激越的鼓点,艾青幽深而沉郁的芦笛,田汉、公木悲壮而高亢的歌声对比下,更显出其卑琐和鄙劣。

新时期刚开始的时候,旧体诗人的作品多是在伤痕文学的范围内进行忆述和独白,包括聂绀弩等等著名诗人的表现题材也大多是咀嚼过去的苦难,而新诗人中的很多先锋人物,却早已经投入思想解放的洪流,显示出了人性的觉醒。

比如舒婷在《致橡树》中说:

> 我如果爱你——
> 绝不像攀缘的凌霄花,
> 借你的高枝炫耀自己:
> ……
> 甚至日光。
> 甚至春雨。
> 不,这些都还不够!
> 我必须是你近旁的一株木棉,
> 作为树的形象和你站在一起。

她在《神女峰》中还写道:

> 沿着江岸金光菊和女贞子的洪流
> 正煽动新的背叛
> 与其在悬崖上展览千年
> 不如在爱人肩头痛哭一晚

诗人在这里大胆提出了人格独立和人性解放的时代命题,给读者带来深刻的思考和灵魂的震撼。谈论新诗,首先要谈论新人。新诗的价值取向和美学流变,是20世纪中国文学的一笔巨大的精神财富。新文化运动的澎湃洪流,冲开了各种礼教、家法的重重堤坝。恋爱自由、婚姻自主的呼声,在当年那种封闭沉闷的心理环境中激起了澎湃的巨浪。可是,我们当下写旧体诗词的女诗人,甚至是非常著名的诗人在作品中谦卑地自称"奴"和"妾"。直到2019年,还有人给《中华诗词》杂志投稿,以女人的口吻自称为"妾"。这种酸性和腐蚀性的旧观念,是多么需要向新诗、新诗人们的生命主体意识和独立思考理念去学习。旧体诗词的复兴,绝不能够是旧的僵化意识、旧的思想枷锁的回潮。

五、学习新诗,就要学习新诗新鲜晓畅的口语魅力

新诗的第一个发展阶段最为辉煌。这一阶段并没有割裂中国诗歌传统，反而在大喊大叫的反传统口号下，顽强地承继和延续了中国传统的诗歌精神。新诗人们尽管对旧体诗普遍歧视和警惕，其中的很多人却又很自然地回归到对节奏、韵律等等传统诗歌技术的认同和探索。新月派的格律化努力就最为明显也最有成绩，七月派在口语张力中抒写的时代激情也极其鲜明卓越，这二者对新诗的诗体建设都有着鲜明的现实意义。

比如鲁藜的《泥土》：

老是把自己当作珍珠
就时时有被埋没的痛苦

把自己当作泥土吧
让众人把你踩成一条道路

再请看邹荻帆的《蕾》：

一个年轻的笑
一股蕴藏的爱
一坛原封的酒
一个未完成的理想
一颗正待燃烧的心

这两首诗很短，和一首绝句的行数差不多，但是思想含量和艺术含量很丰富，语言上摇曳多姿，结构上新鲜考究，确实有许多地方值得旧体诗人认真思索。尤其是这两首诗中的口语表达，有效地缩短了诗歌和现实生活的实际距离。倘若换成佶屈聱牙的旧词老调，就会缺少这种朴实直接的沉甸甸的思想分量和美学效果。

今天检阅新诗这支纵横诗坛的队伍是令人振奋的。他们或华美、或质朴、或高昂、或深沉、或直接、或委婉的各种声调，对新诗的审美演进和美学发展做出了可贵建树，代表了中国诗歌的又一个盛花期的艺术成就和美学贡献，也为当下诗坛提供一些新鲜的元素和经验，从而激活诗歌参与当下生活的更加激越的创造活力。

周啸天先生曾经写过《敬畏新诗》的论文，主张旧体诗词向新诗学习。他自己的创作也有新诗的影子。比如他的《儿童杂事三首》的第一首：

爷立儿走月即走，儿立爷走月不走。
儿太聪明爷太痴，月亮最爱小朋友。

下面是网上流传的一首根据金波先生童话《盲孩子和他的影子》改写的新诗：

从那时起　影子在我身边
带我去游玩这世界

说我是你一辈子的朋友

给我带来温暖与欢乐

……

雨过天晴　日月同现

还有那盏萤火虫灯

我看见了这陌生而美丽的世界

影子成了我真正的朋友。

　　如果把这两段节选的新诗与周啸天先生的诗对读，就会发现情韵、格调上的相同之处。两者之间口语化的轻松自在，是一脉相承的。带着体温和岁月芬芳的文字，如瀑如泉，清纯芳洌，叮咚作响。诗词的写作简单而直观，写诗的人千万别端着。不要拿着架子、吊着山膀、摆着莫测高深的表情来写诗。那样子就如同一身赘肉的相扑选手转来转去，自己难受，别人看着也累。周啸天先生自己是一位"写得竹枝题得糕"的诗人，他的名句"炎黄子孙奔八亿，不蒸馒头争口气"，就大胆地把"馒头"写入诗篇，鲜活泼辣、流畅亲切。这与"刘郎不敢题糕字，空负诗中一世豪"的拘谨，形成鲜明的比衬。无他，娓娓道来而已，却如不经意间的会心微笑，唤起的是久远深沉的心灵回声。

　　伊甸、柯平、简宁、阿吾等诗人在20世纪80年代中期开始大量发表口语化的新诗，引起广泛关注。我自己也在这方面做过一些努力。如：

静夜思

我看着自己的十个脚趾
我仔细观察着它们
这十位头戴指甲盖的
驼背的小老头儿
忽然让我感觉亲切起来
我觉得我很爱它们
像白雪公主
爱七个小矮人儿
我很爱它们
我希望它们忽然年轻
走乱世界的规矩
那很有趣
但这十个老头儿挺憨厚
它们不吱声儿
它们老实本分
不像苗条的手指
因为写一手好诗句
就骄傲起来
随便戳名人的脊梁
随便翻温暖的书页

随便端醇美的酒盅

以为它们比我还美

以为比我还是诗人

所以我不喜欢这十根手指

所以我喜欢住在袜子里的

那十位老先生

它们认为不如我漂亮

就永远把我

举在头顶

这首诗刊登在《飞天》杂志1989年第一期大学生诗苑栏目，标题虽是借用古题，表达内容用的却是当代口头语言。口语诗在新诗界作者众多，走红的梨花体、羊羔体、乌青体，包括现在引起诗坛广泛关注的余秀华的作品，也都是口语化为主的作品。而在现当代旧体诗词中引入现代口语，其实也较早就有人开始热情尝试。

因此，我注意到现在还有人发表文章或接受访谈时，把诗词称作以文言为主的一种文体，我个人是不太同意这种看法的。先不说《诗经》和《楚辞》中的鲜明口语特色，不说唐诗中也有王梵志、寒山等人的口语诗，不说元曲和明歌中的大量口语，即使现当代诗坛，也能举出很多著名的口语诗的名作。

画堂春

曾今可

一年开始日初长,客来慰我凄凉。偶然消遣本无妨,打打麻将。且喝干杯中酒,国家事,管他娘。樽前犹幸有红妆,但不能狂!

这首诗中的"管他娘"就是一个著名的口语句子。我们再看唐大郎先生的一首:

题粪翁个展

昨天去到宁波同,乡会里厢看粪翁。
个展恒如群展盛,风姿渐逊笔姿雄。
眼前谈"法"应无我,海内名家定数公。
但愿者回生意好,赚它一票过三冬。

读到这首诗的前两句,你会不会觉得很困惑?其实这两句实为一句白话口语:"昨天去到宁波同乡会里厢看粪翁",作者故意"砍拆"成二句七言,造成了一种奇诡诙谐而滑稽突梯的陌生效果,同时也把自己和粪翁相投情趣、无所避忌的亲切交谊表达了出来。这首诗,可说是典型的口语诗。

再比如聂绀弩先生的《伐木赠李锦波》：

终日执柯以伐柯，红松黑桧黄波罗。
高材见汝胆齐落，矮树逢人肩互摩。
草木深山谁赏美，栋梁中土岂嫌多。
投柯四顾漫山雪，今夜家中烤火么。

这首诗通篇充满现代口语，最后一句更是白得不能再白的寻常语言，亲切朴素，意味深长。这样作品的出现，有力地反驳了某些人认为旧体诗是以文言为主的诗体的误解。

当代旧体诗坛，多有诗人用口语写作，并屡有佳作。近年来，以口语入诗词的风习犹盛，无以名之，姑且称之为口语派。仅目力所及，其中比较引人注目的有伍锡学、寓真、蔡世平等。

请看伍锡学先生的一首《塘边》：

鲫鱼婆与米虾公，攘攘熙熙戏水中。
一伙儿童撑膝看，谁丢石子一声"咚"。

再请看蔡世平先生的一首：

生查子·江上耍云人

江上是谁人？捉着闲云耍。一会捏花猪，一会成白马。
云在水中流，流到江湾下。化作梦边梅，饰你西窗画。

这里的诗全用口语出之,天真烂漫,透明透亮,美不胜收。尤其一个"咚"字,真是妙不可言。寻常一样的口头语,独将妙手点成金。网络诗坛的曾少立、无以为名等诗人的口语诗探索更是非常引人注目。

再请看曾少立先生的一首:

鹧鸪天

三十馀年走过来。空茫剩得旧形骸。徘徊有涉安危界,坎坷无关上下台。

千万里,一双鞋。走山走水走长街。肩头著尽风和雨,偏是人寰走不开。

这些诗人们分居南北,彼此之间是否有过交集也不清楚,更没有共同发表过什么宣言口号之类;但是在用现代语言材料创作方面,却也有很多共同之处。相对于专讲音韵格律、卖弄典故、乱掉书袋的一些诗作,口语诗词的大量出现,使诗坛吹来一股清爽之风。他们因在探索新路,致力于诗的自由化、口语化方面显出共同的、有意的努力,且在诗歌风格方面有一致之处,所以引起很多读者的整体性的极大关注。他们的作品语言通俗,完全口语化,却又文采斐然、妙趣横生,让读者感到新鲜活泼,有出奇制胜的感觉。

说到采用日常口语入诗,如果单论旧体诗和词的话,过去年代的诗人很多局限在打油形式的嬉怒笑骂,像大观园里的刘姥姥那样,即使上了大席也根本做不了主客。而现当代诗词作者把口语直接引进了当代诗词创作中,并让刘姥姥坐上宴席正坐。从形式上来说,他们把旧体诗词写得不像旧体诗词,反而更像新诗了。这是一种大胆的创新。古人说"若无新变,不能代雄",诗歌语言和艺术技巧上的革新和变化,为传统诗词的发展带来了新的风貌。

口语,并非新诗的专利。文言,也不是拘束当代诗词发展的桎梏。

六、学习新诗,就要学习新诗的探索精神和表现技巧

当代诗词的发展,我也认为应该学习和借鉴新诗灵动的语感和鲜活的句式,于规矩严苛,用词典雅,同质化、趋同化的语言之中突围而出,创造出接近口语、轻快自然、奇诡灵动的新鲜风景,适应更多的当代读者。尤其是要吸纳新诗的创新思维和敏锐思想,在无拘无束、求新求变的探索中进一步丰富和发展,创造出更加多元化的审美生态,呈现出活跃奔放的青春活力。同时还要大量引入新诗的现代转型和表现技巧,借以反映新世界,表现新思想,营造新境界,用现代精神和时代目光体悟生活、感应现实,采用现代蒙太奇、时空变换、视角转移等等现代派的表现手法。而优秀的外国诗歌,同样给当代诗词的发展注入了新鲜血液和丰沛营养,其澎湃奇诡的意境、灵动鲜活的表现、惊险瑰丽的辞藻、自由奔放的思想，都为我们的诗词创新展拓出高远的视角，提供了深厚的营养。

现代新诗借鉴国外诗歌技巧大量使用的反讽象征、意象群组、通感移情、时空变换等等表现手法，给中国现当代诗歌带来很多新鲜的美学元素。而同一时期的旧体诗词创作，在美学方面的探索意识不强，开拓范围不广，创造能力不足。应该承认，尤其是当代人写的旧体诗，的确有许多缺憾：语言陈旧、意境单一、佶屈聱牙、泥古不化……许多诗人还停留在对传统形式的继承上，缺乏文本实验的自觉性和自信性，时代感不强，眼界也不够开阔，语言技术上跟不上创作实践的前进步伐……这些方面都应该向新诗吸收和借鉴。

我们来看民国初年的著名诗人程颂万先生的一首《忆少年》：

低摇扇子，笑拈花朵，半窥帘户。空庭怯花落，况黄昏微雨。

六曲屏山遮翠雾。便思量、也无情绪。双双白蝴蝶，向花间飞去。

这首诗写寂寞心情，委婉细密，韵致盎然，但是我们还请看戴望舒的一首同样主题，并且同样写到这一意象的《白蝴蝶》，就会有一种不一样的感觉：

给什么智慧给我，

小小的白蝴蝶，

翻开了空白之页，

合上了空白之页？

翻开的书页：

寂寞；

合上的书页：

寂寞。

这首新诗的上下两段的一问一答，互相呼应，巧妙含蓄。空白之页和寂寞之间的巧妙比衬，自然生动，同时又与白蝴蝶的翅膀发生复义联想，在优美的意象中完美地演绎成内敛的情感素描。以实写虚，以虚写实，显示出漂亮的技术自觉，新鲜而空灵的美学感受也更鲜明了。把程颂万和戴望舒的作品放在一起比较，戴望舒的美学突破是非常明显的。出自戴手的《白蝴蝶》，其表现力和感染力也确实比程颂万的《忆少年》更强烈一些。

再请看戴望舒的《烦忧》：

说是寂寞的秋的清愁，

说是辽远的海的相思；

假如有人问我的烦忧，

我不敢说出你的名字。

> 我不敢说出你的名字：
> 假如有人问我的烦忧，
> 说是辽远的海的相思，
> 说是寂寞的秋的清愁。

这首诗其实就是辛弃疾的"而今识尽愁滋味，欲说还休，欲说还休，却道天凉好个秋"的现代变奏。诗人含蓄地表达了把爱藏在心里的小心翼翼的微妙情怀和矛盾心理。轻灵生动的句子借用回文诗的形式排列，把绵绵不绝、回肠荡气的情感波涛复唱成一个环状结构，既深沉委婉，又热烈迫切。其中有对古典诗歌的借鉴，但更加动人的还是作者独具匠心的白话美学探索。

当代诗人刘庆霖先生很早就提出了旧体新诗的观点，他的作品也有很浓郁的新诗味道。请看他的《西藏组诗之一》：

> 远处雪山摊碎光，高原六月野茫茫。
> 一方花色头巾里，三五牦牛啃夕阳。

这里用一方花色头巾来以小喻大地表现高原草野的斑驳陆离，以牦牛啃夕阳的通感意象来显示高原生活的宁静散淡，都有着浓郁的新诗韵味，可以体现新旧体诗互鉴方面的迷人魅力。

再请看曾少立的一首《风入松》：

> 以星为字火为刑。疼痛像雷鸣。互为火焰和花朵，受刑

者、因笑联盟。金属时刀时币,天空守口如瓶。　　突然夜色向前倾,然后有枪声。冬眠之水收容血,多年后、流出黎明。你在仇家脑海,咬牙爱上苍生。

这首诗意象奇诡,奇句迭出,吸收了很多新诗的表现手法。比如这里的"多年后、流出黎明"很容易让人联想到北岛的诗句"从星星的弹孔里,流出血红的黎明"。

总之,只有不断赋予优秀传统文化新的时代内涵和现代表达形式,不断补充、拓展、完善,才能真正获得涵育人心的不竭之力。这种创造和创新吸纳传统、检验传统,同时在传统的基础上不断提高。

较之古代,当代旧体诗在内容、情感、思想、词语、表现手法等方面,发生了不少的新变化。比如魏新河说"秋水云端岂偶然,迢迢河汉溯洄间。此身幸有双飞翼,载得相思到九天",这是古代诗人笔下所没有的内容。再比如刘庆霖说"夜里查房尤仔细,担心混入外星人""夕阳求扫二维码,拉我进它朋友圈",这是古人没有的情感。再比如聂绀弩说"尊书只许真人赏,机器人前莫出书""文章信口雌黄易,思想锥心坦白难",这是古人没有的思想。再比如流沙河说"狱中陈水扁,楼下赖汤圆",刘能英说"阿公软语劝阿婆,看下新闻联播",这是古人没有用过的词语。再比如李子说"种子推翻泥土,溪流洗亮星辰。杨柳数行青涩,桃花一树绯闻""亡魂撞响回车键。枪眼如坑,字眼如坑""我把眼帘垂下,封存一架时钟""沧海沉盐,荒垓化卵。时空旋转飞光堕。小堆原子碳和氢，匆匆一个今生我"，这似乎又是古人没有的表现手法……

除了新诗和外国诗，当代诗词作者的触角也伸向歌词，带来语言上一些更加尖新的韵味。比如电影《万万想不到》有一个主题歌叫《大王叫我来巡山》，由贾乃亮、甜馨父女演唱。歌词是这样的："太阳对我眨眼睛，鸟儿唱歌给我听。我是一个努力干活儿、还不粘人的小妖精。别问我从哪里来，也别问我到哪里去。我要摘下最美的花儿，献给我的小公举。 大王叫我来巡山，我把人间转一转。打起我的鼓，敲起我的锣，生活充满节奏感。 大王叫我来巡山，抓个和尚做晚餐。这山涧的水，无比的甜，不羡鸳鸯不羡仙。"以此为灵感，几位青年诗人写出几首旧体诗，颇有新意，请看其中三首：

大王叫我来巡山

海亮

天上白云团团转，枝头小鸟声声唤。人间且作逍遥游，七彩阳光心底灿。遍地鲜花开烂漫，娇娇一朵风中颤。好是芳踪不易求，心心念念驰如电。鼓乐喧哗巡几遍，滚滚红尘真好看。王命焉能拯凡心，多情总赖无情断。是妖是佛皆虚幻，但为天真留一线。溪流自绕青山青，任尔修仙登觉岸。

大王叫我来巡山

一苇

红日娇妍鸟语喧，巡行王命到尘烟。
何来何去休相问，一叶一花未敢专。
最美献吾小公举，烦难管自上双肩。
饥餐和尚闲敲鼓，不羡鸳鸯不羡仙。

大王叫我来巡山

司雨客

山日闪明眸，林莺发好声。巡山随锣鼓，健步喜攀登。家有萌萌女，久占妖主名。女既为妖主，吾是小妖精。巡山何辞远，日暮必归程。一口山泉水，便觉全身轻。从此别疏懒，红尘下苦功。从此爱鲜花，献给前世情。不羡天上客，不羡鸳鸯盟。护你慢慢长，我会永年轻。大王快起床，大王把眼睁，大王先饶命，我去捉唐僧。

青年诗人们的探索，别具风味。读来摇曳多姿、清新灵动，让我们看到当代诗词创造性转化和创新性发展的美学空间和时代变奏。

七、回望新月

翻《新月诗选》,有一个疑问一直在我的脑海里浮动,让我苦思苦想、绞尽脑汁,那就是为什么徐志摩他们那拨儿新月派的高手一个个学贯东西,又洋又酷,留下来的东西却和公众没有什么距离感。不仅雅俗共赏,而且还能歌能唱、四处流传?前几年有通俗歌手用《我不知道风是在哪个方向吹》参加过全国大奖赛,《七子之歌》更是耳熟能详,奇怪的是连《你是人间四月天》也能谱上曲子不胫而走。他们俗吗?浅吗?平庸吗?

现在许多人反对为读者写作这样的说法,以为这样的说法太功利。他们为自己的心灵写作,为自己的爱人写作,想怎么写就怎么写,越写学问越"大",越写内涵越"深",可是越写读者也越少。很简单,读者读诗是为了艺术享受,不是为了来受累的。没有最起码的愉悦感,读那劳什子做甚?

为了引人注意,脑瓜活络的诗人于是就靠跑关系,靠互相抬、互相捧或者互相吵架来出名,仔细想一想,多无聊啊。就好比圈子里的"诗坛"是个菜市场吧,他们得使劲吆喝,拼命找由头作秀,不然就没人往他们的摊子跟前凑。这样的诗人,建议去读一读"齐人有一妻一妾"那个有名的古代寓言,他们装模作样、寡廉鲜耻的嘴脸,和那位齐人没什么区别。

新月派的诗歌和这些人的诗歌是不一样的,他们的笔下多性灵之作,多赤子之心。虽然多是表现自我的,但也多是写给读者看的。他们曾经被长期封杀,他们的本色的歌吟就像数不清的花籽,沉沉地埋在地下多少年,可是照样能冲开冰封雪盖,绽放出一片万紫千红。

新月派的魅力在哪里呢?除了朴素的真情实感打动人心之外,他们在诗艺上的努力一刻也没有停止过。这诗艺包括格律化努力,也包括音乐性的追求。春水似的悠扬的节奏感和和谐整齐的形式,把汉语言的张力和弹性发挥得淋漓尽致,同时也架构起一条通向读者心灵的永恒的桥梁。一见,就让你喜欢;一听,就让你忘不了。

一首好诗不应仅仅是平面的,它还应该是立体的,是让眼睛看的,也是让耳朵听的。形式、节奏和韵律是诗歌的翅膀,需要下大力气研究。新月派的诗,就是明证。他们的字里行间可以看到外国诗歌的影响,但更多的则是古典诗词和民歌的浸润和熏陶。这方面,他们是下过硬功夫的。

在写于九十多年前的《诗的格律》一文中,闻一多先生说:"越有魄力的作家,越是要戴着脚镣跳舞才跳得痛快,跳得好。只有不会跳舞的人才怪脚镣碍事,只有不会作诗的人才感觉格律的束缚。对于不会作诗的,格律是表现的障碍物;对于一个作家,格律便成了表现的利器。"闻先生列出了格式、音尺、韵脚等因素,认为"和磁力和电力那样",成为"诗的基本力量,基本动力"。在今天,他的这些话依然光芒四射。

闻先生声称要做"中西艺术结婚的宁馨儿",他的《死水》《洗衣妇》《忘掉她》等诗,西方诗歌的影响是隐形的,而浓酽的中国古典诗歌和民歌的韵味,却随处可见。

古典加民歌现在似乎是很被嘲笑的一种创作方法,常常和僵化、落伍、腐朽等等词语连在一起。闻一多以为:"中国韵极宽;用韵不是难事,并不足以妨害词义。"但是即使押韵这种方式在古典诗歌和民歌中司空见惯,在现代很多诗人的笔下也已经生疏多年,不屑一押了。回眸二十多年的新诗创作,一个很明显的印象就是年轻诗友们对诗歌的音乐性和格律性的生硬、坚决的摒弃。

的确,新诗不能在古典诗歌和民歌的小胡同里打转转,不能做旧体诗词和民歌的克隆品。但是,经过这样那样各种方式直接而武断的"革命",新诗歌前进了吗?我看值得商榷。仅仅自己出钱印上几本诗集,或者串通书商弄上一本什么什么派的汇编,哥几个搭伙炒上一炒,诗歌就繁荣了吗?还是踏踏实实在诗艺上多努把力吧。

桃李虽不言,下自能成蹊。我认为古典诗歌和民歌,是汉语诗人必做的功课。此道虽然寂寞,但确实是振兴诗歌的正道。古典诗歌和民歌在"新月"的秘籍里闪着灿烂的光芒,过去人们不承认,因为他们是"资产阶级诗人"。现在像闻一多先生当年那样一"勒马回缰",这才发现,原来高手在这里呀。

卞之琳先生临终前一年,我曾去采访他。在谈到一些年轻诗人的作品时,卞先生坦率地说:"他们的有些作品我看不懂。不过,我希望年轻人日后比我们老一代强,同时也希望他们千万不要丢掉我们中国文学的传统。"

"千万不要丢掉我们中国文学的传统。"这是老诗人经过几乎一生的创作实践后发出的感慨。

新诗和旧诗,互见与互鉴。无论写作什么诗体,都理应加强自我创新意识,增强自我创新能力,在创新和原创上狠下工夫。当然,关键还是尊重人的创新活力,挖掘人们的创新潜力。如果没有适应创新能力不断增长、创造活力不断涌现、创新意识不断提高的环境和氛围,就不可能涌现出大量的新作品和好作品。所以,在诗歌界营造一种鼓励探索、敢为人先的创作氛围,是非常必要的。崇尚创新、追求创新,应该成为诗歌创作的主旋律,也应该成为诗人们的美学追求和艺术探索的重要目标。满足于重复自己的诗人,是懒惰的;满足于重复别人的诗人,是平庸的;而习惯于重复别人的诗人,则是可耻和可憎的。只有不断创新自我和不断追求探索的诗人,才会真正赢得人们持久的喜爱和尊敬。明代民歌唱道:"退步原来是向前。"对传统的继承虽然是在向后看,而向后看的目的,又何尝不是为了更好地向前走呢?

八、互竞和互赛

伴随着经济建设浪潮的汹涌澎湃,伴随着生活节奏的加快,同时也伴随着手机、电脑、互联网和APP等现代传播手段的发展繁荣,读者对诗的审美期望值越来越高,阅读心理上的功利色彩其实也越来越浓郁。市场经济的严峻考验,现代生活节奏的无声挑战,是新时代摆在诗人们面前的一个崭新的课题。我认为,从注重单一的审美效应重新向注重综合的社会效应的转变,是未来诗歌（无论新诗还是旧诗）发展的一个大趋势。

长期以来，诗人中似乎就有一个自视圣哲的心理习惯，就有一种不同凡俗的优越感。但是，诗歌创作毕竟是一种社会性的对话，一方面表现自我的审美体验和审美发现，另一方面也需要读者的理解和沟通。正如自己手提着头发是离不开地球一样，要想彻底超脱于"人间烟火"的喧嚣与骚动也是办不到的。正视现实，倒使我们获得了考察诗歌的另外一种眼光。倘若不从自身的写作手段和呈现方式上进行反思，而一味责怪读者只看通俗文学、不理"纯文学"，是没有意义的。"诗歌消费"这样一个很"俗"的概念像头鲁莽的野牛闯进了我们的象牙塔，令人惊讶和不安，也令人振奋和深思。

事实上，在商品经济的条件下，诗歌作品只要不是为了"藏之名山"，就有相当大的一部分具有商品属性，倘若诗歌创作与公众的文化需求和读者的消费心态相左，那么任何效益都终归是纸上谈兵罢了。即使是文化品位较高的一些名篇名著，其艺术价值也仅仅是变量而不是恒量。读者的阅读过程绝不是对作品的简单复制和还原，而是积极能动的反馈和建构。诗歌内部的蕴涵、美感、心态流程、感情强度等，都会因读者的接受意识而相应地发生不同程度的变化。席慕蓉在大陆的流行，汪国真在诗坛的走俏，提醒新诗和旧诗的每一位诗人同行在诗与读者的关系这一老话题上再次进行思索和回答。

今天的诗歌发展的途径上，我们也要学会面向"市场"，坦率地承认并积极地参与文化市场的竞争，彻底解决艺术生产和群众需要错位的问题,从根本上纠正自我中心主义所造成的诗歌产品"孤芳自赏""顾影自怜"的倾向,真正地实现全媒体思维和融媒体传播。

我呼唤新诗和旧诗之间的互鉴和互见,同时在本文文末也坦率地提醒诗人同行,如果把诗歌阅读圈看成文化市场的一部分的话,两种诗体之间的友好竞争也是不可避免的。美国石油大王约翰·洛克菲勒有段名言:"大企业的成长是物竞天择、适者生存的过程。'美丽坚之美'那个品种的玫瑰之所以艳丽芬芳,使观者赞叹不止,就是因为摘除了早先长在它周围的蓓蕾。这不是企业界的不良现象,而是一个自然规律,是上帝的规律。"这个优胜劣汰的规律被人称作"洛克菲勒法则"。众人公认,"洛克菲勒法则"即市场竞争机制在美国早期发展中的作用的确是不可低估的。企业间的竞争如此,新诗和旧诗之间的竞争以及不同的诗人之间的竞争,也是如此。虽然这种竞争绝不会像"洛克菲勒法则"表述的那样毫无人情味,但也绝不会像李汝珍的《镜花缘》所描写的"君子国"的"君子"们那样温情脉脉、礼让三先。

面对如此庞大的诗歌创作队伍,面对纷纭变幻的世界风云,孔乙己式的"越然出世",范进式的"锲而不舍",阿Q式的"卓然不群",褚慎明(钱锺书《围城》中一典型人物)式的"自命不凡",都是多么可笑、可叹、可怜而又可悲。强调诗人的读者意识,并非仅仅出于维护诗人这一社会角色的实用心态,而且也是创作出高品位层次艺术精品的一个必要前提。当诗人们将生活的流程以致整个社会的嬗变纳入自己的镜头时,无论其写新诗还是写旧诗，假若没有从读者需要出发的宏观视野和超群气概，恐怕是很难如愿以偿的。即使将自我的一己悲欢或个人隐秘做一横截面式的反映，如果不能站到时代的高度投以俯瞰的目光，仅仅以寻常人的胸襟和气度去体味，去构思，也就只能就事论事，使主题流于肤浅，构思失之陈旧。目光短浅、心胸狭窄，难以跳出个人生活的小圈子，囿于一孔之见或门派或诗体之见，不能博采众家之长，甚至搞唯我独尊、蛮不讲理那一套，读者只好敬鬼神而远之了。

当代旧体诗词从不被认可、不允许发表、不被提倡，到今天这样一个读者众多、作者众多、佳作琳琅的美好局面，这一方面归功于当代旧体诗人们的不断探索和创新，另一方面也由于读者的坚定支持和社会心态的不断开放。当代旧体诗以新的精神、新的感受、新的思考和新的活力，逐渐在日益萧索的诗坛上，重新树起了一面属于自己的生动旗帜。当代诗词的光芒，我相信经过一段光阴的误解和间离的考验，不仅不会消失，反而会更加灿烂和纯正。任何时代的经典作品，都是有勇气和毅力来接受时间的反思、检选和沉淀的，当代诗词，当然也概莫能外。21世纪以降，诗词新潮更是带着虎虎生气和勃勃生机，作为一种挡不住的美学力量澎湃而来，给平静的诗坛添加了更加辽阔，更加新鲜的想象力和可能性。此中的启迪，耐人寻味、发人深省。

歌德说过："要是只能表达自己那一点点主观感情，他是不配称为诗人的；只有当他能够驾驭世界和表达世界的时候，他才是诗人。"俄国的文艺理论大师别林斯基也说："诗人首先是一个人，其次是他的祖国的公民，他的时代的子孙。"这里，揭示了诗歌作者能成为伟大诗人的一个重要原因：诗人自然是有个性的人，同时，又应和时代、祖国、民族和人民的脉搏共鸣和共振，应和广大读者的感情息息相通。许多事实证明：社会思潮、公众心理，以无形的力量冲击着诗人心灵涡轮发电机的叶片，因而产生了异常惊人的热能，爆发出憾人魂魄的艺术创造力。尽管伴随着哲学、政治思想、道德伦理观念的变迁，诗歌的美学精神也在发生着变化。但无论外部形制是新还是旧，只要是真正的艺术品，特别是得到读者肯定的艺术品，就一定能够经受住时间的考验，禁受住无情岁月的淘洗和磨炼。

在现实形势下，为了诗歌这一文化流变中最有活力的艺术形态的发展和进步，重新讨论一下"洛克菲勒法则"这一老话题，估计不会是多余的。新诗也好，旧诗也好，在互鉴和互见的同时，也要有进行互竞和互赛的文化自信和心理准备。市场是客观的，读者的选择也是不以个别人的意志为转移的。起跑线虽然看不见，发令枪虽然听不见，而辽阔宽广的赛场则真实而严峻地在每一位新诗和旧诗的诗人面前铺展开来——

一二三，向前冲！

三思而诗

第一思：珍惜诗人这个称呼

"诗人"是个可爱的词语，这一社会角色在公众心目中本来是美好健康的，现在则塞进来许多杂七杂八、五光十色而又怪诞无稽的东西，甚至还有"诗人"以这些东西为时髦、为风度，成了"诗人"之外的那些人茶余饭后拿来冷嘲热讽的可怜可笑的……一种病。

诗人健康的社会形象需要社会的重新认同，也需要诗人自己的重新建构。诗人需要美好的语言，更需要美好的行动。

确实，诗人需要个性，需要差异性、地方性、民族性、创造性……但是这种多元的艺术形态下面有一元应该是统一的，这就是对真善美的认同和追求。

诗人也是人，是雄浑的时代交响乐中一个和谐的音符，而不是一声难听的噪音。这种和谐有三个方面。一是，诗人与社会的和谐。诗人是社会的人，真善美是融化在诗人血液中的盐。二是，诗人与自然的和谐。某些诗人的病态的怪癖是诗人的缺点，而不是诗人的标志,更不是让人津津乐道的效仿的对象。三是,诗人与心灵的和谐。诗情是非人工的、天性的、本色的、随心所欲的。

老诗人郑敏前几年在《诗刊》曾提出诗人需要自救的话题,这个话题很沉重,也令人感慨很深。另一位老诗人公木生前曾专门给我寄来郑敏先生的这篇文章,嘱我用心读一读。其实我不仅读了一读,而是用心地读了好几读。郑敏先生的论述,给我许多启发。我想,诗人需要自救,但首先更需要自律。要把解剖刀和显微镜先对准自己,先向自己灵魂中的毒瘤动刀。自律正是自救的基础,也是自救的关键。扫帚不到,灰尘照例不会自己跑掉,屋子里的灰尘是这样,心房里的灰尘也是这样。吃五谷杂粮,食人间烟火,谁又敢自诩自己是"本来无一物,何处惹尘埃"呢?只有"时时勤拂拭",才可以真正做到"勿使惹尘埃"。

近来读到书画名家林散之先生的一则轶事,说是他生前自题的墓志铭上只有几个字:诗人林散之墓。林先生的诗名并不及他的书画名之盛,他为什么舍书画而只字不提,反是只提自己的诗歌呢?况且书画的润格如今越来越高,而诗歌的稿费却少得可怜,林先生为什么愿意用诗人的名号来给自己"盖棺论定"呢?倘若此传说不错的话,我相信林先生肯定是把"诗人"这两个字看作了美好人生的象征。有从艺的一面,也有做人的一面,林先生不凡的人生旅程有许多复杂的内容,林先生自己以一言以蔽之,曰:"诗人。"

的确,上下求索,左右探寻,风雨跋涉,悲喜交集,大千世界的光怪陆离，百年沧桑的阴晴圆缺，最后浓缩成一首简单的诗——题目也仅仅只有两个简单的笔画，叫"人"！

诗这东西带给我们的可能并不是荣华富贵，比如"冠盖满京华，斯人独憔悴"是杜甫对李白的际遇所发的感慨。至于这种悲凉和寂寞，作为杜甫本人，又何尝能免？最近读一本杜甫的传记，对杜诗中"百年歌自苦，未见有知音"句颇有感慨。诗人的称呼确实不是高官厚爵，确实不能成为晋升的敲门砖，但却是拨云破雾的灿烂光芒。这光芒能穿透时间和空间，能帮我们照亮前行的道路。倘若这光芒蒙上了云翳，我的脚下就或许会多一些曲折和徘徊。我很珍惜诗人这个称呼。这个称呼美好庄严，但是也悲壮艰辛。我愿终生背负着它，哪怕它就是那沉重的十字架。

第二思：律为我之助，我非律之奴

汉诗的格律是前人根据汉语言的发音规律摸索出的艺术经验和学术成果，在帮助诗人表情达意，尤其是增加诗歌的音乐性和节奏感方面，发挥了很多很好的积极作用。不过，这些格律终究不是判断诗歌成败的金科玉律，更不是诗歌创作的终极目的。无论多么精美的节奏、多么工整的韵律，也只是好诗的手段，而不是好诗的标准。《静夜思》《咏鹅》《送元二使安西》等等名篇并不死守格律，不是也打动了很多人的心，受到很多人的喜爱吗？

当代诗坛，有很多我很尊重的诗人在坚守平水韵、词林正韵，我也很喜欢他们谨循旧韵所奉献出来的精美的艺术佳作。不过，我喜欢他们的作品，是因为文本中的才思、情怀所带来的心灵感动，而不是因为他们采用的声韵和格律。

因为从事诗词编辑的原因，我在具体工作中一直严格遵循新旧韵双轨并行的编辑原则。不过，如果单纯就个人观点来发言，我认为某些死抱着佩文韵府、词林正韵等等旧韵书来固执地开历史倒车的思路，是行不通的；某些扬扬得意地辨认几个入声字就摇头晃脑以为是得了李杜真传的冬烘先生，也是很可笑的。极少数的用长满青苔的科举考试的枯涩目光来打量活色生香的当代创作，或者带着削足适履式的狂热宗教情绪来围剿诗韵诗律创新努力的乡愿师爷，就更是可怜和可叹的了。天地本来大，好诗在天然。那些拘泥在昨天的"古色古香"里的人物，不是自由率真的诗人，而只能称之为偏激偏执的律奴。

每逢听到某些所谓的诗人不问诗的内容好坏，就先从韵、平仄等等角度指指点点，并以此来显示自己有学问，显示自己懂诗、懂韵、懂古字音，我就常常想起一个网上流传的小故事：有一个老禅师收养了一个童子，这童子天真烂漫，不懂佛门规矩，有时还像孙儿一样摸着老禅师的光头撒娇嬉闹。后来有个行脚僧来到寺里寄宿，就叫住那童子，严词峻句，教他一些寺院里的礼仪。到了晚上，老禅师从外面回来，这童子马上上前行礼问安。老禅师很惊讶，便问："谁教你的？"那童子回答："新来的和尚。"老禅师找到行脚僧，冷冷质问："我这童子养了两三年了，怪可爱的，谁让你教坏他？！"

这个故事，讲的是参禅的道理。而对我们的诗人而言，也可以带来一些作"死诗"还是作"活诗"的感悟。诗歌就像那个天真活泼的孩子，任何刻意的装饰和做作的规矩，都会败坏和歪曲了那份发自内心的清纯和自然。律为我之助，我非律之奴。有格律也好，没格律也好，根本不必去生搬硬套，更不用去刻意雕琢。读一读屈原，读一读陶渊明，读一读李太白，就会知道大象无形，大音希声，大诗人无拘无束……岂能让"格律高悬霸主鞭"？

在编辑工作中，我经常会读到一些句子很精美的所谓诗词，虽然对仗工整、平仄和谐，但是总感觉其中少了点什么东西。不能打动人心。少了什么东西呢？就是少了作为当代人的作者自己对人生、对社会的体验和思考。一位与当代的社会、人生完全绝缘的诗人，他的那些才情、学识、文化修养、格律知识、语言技巧……还能获得欢蹦乱跳的生命吗？我表示怀疑。

以个人观点来看，诗歌的魅力，不仅仅在于"怎么说"，更重要的还是在于"说什么"。因为说什么，关系到一首诗能起什么作用。而凡是让人称赏的现当代诗词作品，无论是郁达夫的，还是聂绀弩的，还是其他一些大家的精品力作，大都能够呼喊出自我的声音，体现出鲜明的个性。他们大都是以坚定而真实的姿态，屹立在现实生活的热土上，而不是满足于在古人的意境和格律中间捡拾一些鲜艳夺目的下脚料，然后修修补补，改头换面，制造些二手诗歌。

前人的社会生活跟今天不一样，没有什么可比性。但，从技术角度来说，前人为我们提供了平仄格律等等丰富的艺术经验，完全可以说我们是站在了前人的肩膀上。活力无限的当代诗词，的确应该比前人看得更远，攀得更高一些。当代旧体诗词要想从我国古典诗词已经形成的艺术规范中成功突围，首先就应该投入火热的当代生活，反映真实的当代社会。诗人的精神等级、思想层次、人性亮度、情感温度，诗人所独立发现的生活真谛和社会真实，才真正代表着诗歌的质量和重量，是写作的高度和深度，同时更可以成为评判诗歌的一种关键的艺术尺度……

需要说明的是，我并不是轻视诗歌的格律和艺术技巧，而是反对把格律、技巧引向平庸、呆板的艺术藩篱，甚至成为装饰型的艺术附庸。诗歌所独具的创造活力，不是来自严苛工稳的格律，而是来源于复杂生活的剧烈撞击。每一个诗人，都应该首先诚恳地面对生活，而不是仅仅沉溺在文字平仄和韵律上下功夫。格律是个好东西，但格律要为诗所用，为诗服务，要为诗歌安上飞翔的翅膀，而不是束缚前进脚步的绊马索。而诗歌的最终目的当然要为时所用，为世所用，为人生所用。这些写在纸上的文字一定要投入到更广阔的社会生活中去，加一些砖，添一些瓦，碰撞出一些火花，增加一些亮色和光彩。

老子曾用"埏埴以为器，当其无，有器之用"为例，来解释"有之以为利，无之以为用"的道理。诗歌的格律，也是只有和"无"辩证地配合起来，才能在诗歌的创作和传播中起到应有的艺术作用；过分绝对地片面地强调和坚守，反而会因其刻意和矫揉造作而直接减弱诗歌的表现力和感染力。

诗歌是诗人心灵深处发出的光芒，这光芒不是来自格律、平仄等等技术性的手段，而是大写的"人"字在激情燃烧。这光芒不是只用来炫耀和消遣的装饰品,而是能够投入到社会人生中去的真情的火炬……古人说:"诗可以兴、可以观、可以群、可以怨……"我想,还可以加上一条:"诗可以用。"诗可以用自己的火去点燃旁人的火,也可以用自己的心去发现别人的心。

第三思:寻找诗篇的核儿

聂绀弩先生说:"吾生俯拾皆传句,哪有工夫学古人。"元稹称颂杜甫时也说过类似的话:"怜渠直道当时语,不着心源傍古人。"二者所言,极为相似。都是强调诗歌应该立足现实生活的意思。

聂先生落拓不羁,口无遮拦,我行我素,独步诗坛。他的许多诗句虽然很平易,却都有着深刻的生命体验。像"男儿脸刻黄金印,一笑身轻白虎堂""文章信口雌黄易,思想锥心坦白难"……都令我反复吟味,爱不释手。这些句子很漂亮,但这只是表面现象。聂先生站在千千万万"受难者"的立场上反映的真实深刻的人生,才是这些诗篇的"核"。对于当代旧体诗坛某种程度上某些范围内所呈现出的凌空蹈虚的流行倾向,聂先生的努力是有着旗帜性的功绩的。

"天意君须会,人间要好诗!"白居易说得很对,人间的确是需要好诗的。不过,要真正写好旧体诗词,并非"熟读唐诗三百首"之后便可"不会作诗也会吟"的。要写好旧体诗,需要才情、学识、文化修养、诗词知识、语言技巧……而这其中更重要的,我认为还是要有一颗向真向善向美的敏感鲜活的赤子之心。

这样的诗篇虽然看上去很美，但是因为没有核儿，也就失去了重量和血性。

很多年前，我曾听到魏巍老人在一次诗人聚会上的发言。他说："现在的诗离我们的工农群众远了一点，希望在座的诗人不论是什么流派，以什么形式，要多反映现实、反映工农群众的生活和命运，这样的诗才有生命力。"后来读到新华社报道诗会的消息，特意将魏巍称作"著名作家"，以与贺敬之、刘征等"著名诗人"相区分。其实魏巍也是一位老诗人，著名的《晋察冀诗抄》的作者之一。他在那次诗会上所说的也本是一番"老话"，然而却让我产生了很多很"新"的感慨。因为现在的很多很"新"的诗歌，不论是新诗也好，还是旧体诗也好，距离人民的确是太远了。

这里的工农也是一个"老词"，很多新诗人已经不屑于用这样的字眼来谈论问题了。我想推而广之，将"工农"作为"大多数人民"的代称也未尝不可。现在的"人民"可能早就被某些诗人在自己的词汇表里边缘化了，因为"人民"没有财力给诗人们送赞助，发不出几声"像样"的赞美，甚至根本没有时间和精力来读一行诗，但他们是我们这个社会的脊梁。

现在的一些有雅兴的诗人，是很讲究"诗意地栖居"的。他们用诗词来感时伤世，喟叹人生，寄情山水，其乐融融。在这种"诗意"着的诗人的笔下，偶尔也能看到"麦子""民工"之类的字眼，可这些字眼是被当作了"诗意"的点缀，就如同才子佳人书案前的小摆设一样。这种"诗意"不是来自真实的生活体验，也不是生命的真实感受。因而也就像塑料花一样，尽管很漂亮很精美，但是没有芳芳。虽然诗歌出版物和诗歌网站日益增多，虽然那些所谓写新诗或者写旧体诗的诗人们自己闹腾得也挺欢——互赠封号、互相吹捧、互相发奖、互相串联……但是另一方面，读者对这样的诗歌和诗人们却也越来越"敬而远之"。

现在一些诗人在大讲特讲要"贴近实际，贴近生活，贴近群众"，可是他们这种"贴近"仅仅停留在了冠冕堂皇的口号上。贴近什么样的实际？贴近谁的生活？贴近什么样的群众？魏巍老人认为反映现实、反映工农群众的生活和命运的诗"才有生命力"，这个"才"字，可能有点绝对，但也不失为拯救诗歌命运的有效途径之一。诗，贴近谁？站在谁的立场上？这的确值得诗人们认真思索。

写新诗的郭小川说过："诗是一条闪光的、叮咚作响的河流。"这河流为什么"闪光"？因为其中荡漾的是太阳的光辉。这河流为什么"叮咚作响"？因为其中澎湃的是大海的向往。

假如这"河流"仅仅在自我的"诗意"之中"栖居"，那就不是河流，而是微弱的小溪，甚至还有可能成为死水一潭。

我们诗篇的核儿，应该在哪里寻找？

答曰：从滚烫的内心出发，到广阔的生活中去。

香雪文丛书目

刘世芬《毛姆VS康德:两杯烈酒》　　　　　　　定价:62.00元

夏　宇《玫瑰余香录》　　　　　　　　　　　定价:68.00元

汪兆骞《诗说燕京》　　　　　　　　　　　　定价:68.00元

方韶毅《一生怀抱几人同——民国学人生平考索》　定价:66.00元

王　晖《箸代笔》　　　　　　　　　　　　　定价:68.00元

周　实《有些话语好像云朵》　　　　　　　　定价:58.00元

魏邦良《传奇不远———代真才一世师》　　　定价:72.00元

刘鸿伏《屋檐下的南方》　　　　　　　　　　定价:68.00元

苏露锋《士人风骨》　　　　　　　　　　　　定价:68.00元

高　昌《人间至味淡于诗》　　　　　　　　　定价:72.00元

// 集木工作室

投稿邮箱：jimugongzuoshi@163.com

微信公众号：集木做书